上海の螢・審判

Taijun Takeda

武田泰淳

P+D BOOKS

小学館

目次

上海の螢

一

昭和十九年と二十年とでは、夏は、どちらが暑かったのだろうか。

長崎の港をひそかに離れたわれわれの船は、魚雷攻撃を避けて、島づたいにゆっくりと進んだ。往きつ戻りつ、迂回して航行するので、一日で行けるところが、十日もかかった。食事は極度にきりつめられた。

同室の沖縄人夫婦は、袋からとりだしたサツマイモを輪切りにして、自分たち家族も食べ、私にもくれた。生まのサツマイモは、水気がたっぷりしておいしかった。みるからに野性的で、精悍な夫妻だった。泣きさわぐ子供のおむつをとりかえたりして、私に迷惑をかけはせぬかと、絶えず気にしていた。

「無事に向うへ着いたら、御馳走しますからね。うるさいけれど我慢して下さい」

上海の税関に勤めているという主人は約束した。

船が黄埔江に入ると、乗客たちは船長に感謝して祝杯をあげた。碼頭《マアトウ》に横づけになった船の上から眺めおろしている私の眼に入ったのは、激しい陽の光に照らされて、白く乾ききった波止場と、何やら声高にわめきながら往来する苦力《クーリー》たちの姿だった。どんな生活が待ちうけているか、少しもわかってはいない。何かしら日本内地とは異なった自由が、そこにあるにちがいなかった。沖縄の男は、倉庫の横側の勝手知った出口から、私を導き出した。「さあ、昼めしを食ってゆきましょう」と、彼は一軒の料理屋に私を案内した。大盛りの焼きそばが、一同の前に運ばれてきた。本物の、柔らかい、油のたっぷりした焼きそばが、私に開放感を与えてくれた。そばの量はおどろくほど多かった。沖縄人はまたたくまに平げてしまったが、私はゆっくりと味わうように食べた。もしかすると上海の暮しは楽しいものになるかな、それとも恐ろしいものになるかな、と、久しぶりの満腹感でうっとりした私は考えていた。いそいでよいのか、それとも、あわててはいけないのか、そんなことは一切不明だった。

ともかく、戦争は今やたけなわだった。というより、末期に近かった。街には一発の銃声も聞えず、あたりには市民のざわめきが充ちひろがっている。

同じ船室にいた小柄の男が、たよりなげに同席していた。彼は新調の背広を身につけていた。しかし、それは、いかにも買いたてといった感じで、体にそぐわなかった。「これから、どこへ行くんですか」と、彼はたずね、私が「知恩院に行くつもりです。上海に別院があるそうですね」と答えると、血色のわるい小男は「それならぼくも同じです。妹が日本租界に住んでいますからね。そこに寄って行くつもりです」と言った。出迎えの者のいない私は、そのたよりない小男と同行した。彼と並んで歩いて行くと、支那家屋とも日本家屋ともつかない家が建ち並んでいた。それは、たしかに煉瓦積みの中国の民家なのだ。だが、日本人ばかりが出入していた。その一軒に二人が入ると「あら、兄さん。いつ帰ってきたの」と、主婦らしき日本婦人が叫んだ。「この人が行く先がわからないもんで、一寸お連れしたよ」と、彼は主婦に説明した。日本風につくりかえた室内だった。「兄さんときたら、どこで何しているんだか」と、信用のできかねる兄の身の上を気づかうように、主婦は眺めていた。

日本を発つ前から、私は上海の東方文化協会の事務所へ、何回も国際電話をかけた。その度に「只今、お留守らしいんですけれど」と交換嬢が言った。かかったかと思うと、電話はすぐ不通になった。気のせいか、波や風の音が、電話線に打ち寄せているようだった。受話器の中に響く、かすかな物音で、これから就職する事務所の気配を、わずかに聞きとろうとしただけだ。第一、日本語でしゃべったらよいのか、英語で呼びかけたらよいのか、それすら雲をつかむようだった。東京にいる私は、まだ上海語は一言も知らなかった。

この上海の一劃に、どんな様式だかは知らないが、その事務所はあるらしかった。

ヒマのありあまっている小男は、まだ私の案内をつづけたいらしい。失敗した商人が遊んでいるんだな、と推察しながら、私は彼と別れて知恩院に赴いた。

白ひげの老僧が、親切に私の話を聞いてくれた。私に代って事務所に電話もしてくれた。しかし、通じなかった。

「それじゃ、行ってみますか。行ってみればわかるでしょう」と、老僧はタクシーをやとって、私と同行して上海の街を走り回った。財政も豊かでないらしい彼が、熱心に私を助けようとしていることは、すまない気がした。「それにしても、事務所の奴らは何をしているんだろう」と、私は怪しんだ。

ガーデンブリッジを通過すると、河沿いにいかめしい建物が建ち並んでいた。西洋風の銀行、商社、官庁、新聞社、ホテルなど、胸をそらせ、肩を合わせて、整列したようにして、城壁のごとく河風をうけていた。それが、いわゆるバンドである。日本人臭い光景は消えて失くなる。そのかわり中国人臭い群衆が、いきなり現れる。タクシーなど、ほとんど走っていない。電車、バス、それから三輪車《セリンツオ》、客を乗せたのも、乗せないのも、前や後を横ぎったり、追いぬいたり、いまにもぶつかりそうにすれちがったりして、ひたすら進んでいる。喧噪は高まったり低まったりして、ときどき北京語とはちがった妙な中国語が聞える。その声は、みんな怒鳴るような、投げやりな発音だ。人波を離れ、雑踏から遠ざかるにつれ、租界が近くなる。共同租界、イギリス租界、フランス租界、それらの租界のうち、どのあたりを走っているものやら、私にはわからない。

ヨーロッパ風の明るさ、ヨーロッパ風の色彩、ヨーロッパ風の街並みと人影が眼前に現れる。東京の銀座街とも、外人の多い横浜の街とも、それは異なっている。そこには、しっかりと白人の勢力がくいこんでいる。中国に渡ったはずの私は、もう一つ別の、異国の街に入りこんでいるらしい。瀟洒な商店街に並木がつづいている。アルベール路、霞飛路《カヒロ》、法租界《ファツカ》その他、ヨーロッパ風の地名を上海語で発音する、漢字とローマ字が入りまじった地帯のどこかに、私の行くべき事務所は隠れてしまっている。どう探してもわかりそうにない。

「どうですか。事務所がわからなければ、どなたか責任者の私宅の方に行ってみては」と、老僧が注意した。

私は幸いに、東方文化協会の理事長の住む家の所番地を記した紙片を所持していた。それを見た老僧は、何やら上海語で行く先を運転手に告げたらしい。何度も折れまがって、道は次第に閑静な住宅区に導いてゆく。老僧は、精神を集中して、白ペンキで明示してある番号を、次々と見てゆく。「あッ。ありました。ここですよ」と、彼は叫んだ。私は車を降りて門柱のベルを押した。煉瓦の塀で囲まれた邸はひっそりとしている。やがて一人の中国婦人が近寄ってきて、柵の間から私たちをのぞいた。「小田先生《シヤオテイエンシエンシヨン》はいらっしゃいますか」と、教科書で覚えたとおりの北京語で私は問いかけた。彼女は愛想よく笑って「小田先生《シヨオデイシイサン》、没有《メイヨウ》」と、上海語で答えて、首をゆっくりと横にふった。引き返すより仕方がない。一体、どこへ引き返したらいいのか。

老僧がいらだっていることが、私には感ぜられた。

「さっき、西洋菓子のような奇妙な建物の前を通り過ぎましたね。あの辺で降して下さい。どうも、ありがとうございました」

老僧を返して、私はひとりぼっちになる。

並木の柳が風になびいている。西も東もわからぬまま、私は清潔な歩道を歩いて行く。すると「東方文化協会」と墨文字で書かれた看板がぶらさがっていた。

それは、異様に豪華な、お伽噺にでも出てきそうな建物だった。ついに発見できたという喜びよりも何よりも、これがぼくの赴任する事務所なのかしら、本当にそうなのかな、という驚きで、私は半ば夢見心地だった。いつか必ず、一生に一度は、こんな不思議な建物に自分が巡り合うという、私の夢想が現実の形となって、私の眼の前にあった。

化粧煉瓦で積まれた建物の外郭が、ぜいたくを極めていたばかりでなく、内部の細部の造りが、凝りに凝っていた。磨きあげられた木製の階段を、私はのぼった。事務所は、二階か三階なのだ。ボーイさんらしき白服の中国青年が立っていた。にぎやかな談笑の声が頭上からふりかかってきた。その声は日本人のものらしかった。ついに事務所の連中に面会する時がきた。

まず理事長の笑顔が私を出迎えた。彼の顔は立派だった。日本人には珍しい彫りの深い顔で、表情も日本人ばなれしていた。

「来了《ライラ》、来了《ライラ》」と、おかしくてたまらないように彼は言って、それから驚くほどの大声で笑った。「丁度、タイムリーに、あなたは来たんですよ」と、あいさつする彼の背後から、何人もの日本人や中国人が、私を眺めていた。彼らは、もの珍しげに私をとりまいて離れなかった。

そのなかには、可愛らしい顔をした小柄の女性もまじっていた。

「ここが食堂。ここがあなたの仕事をする部屋。それから、こっちには、あなたが東京であったことのある小説家のE君がいることになってます」

とても事務所とは思われぬ大邸宅の内部を、理事長は案内した。

そのE君とは、東京で顔見知りだった。新しい同僚の首実検をするために、彼は寺へ訪ねてきたのだ。

新進作家E君の作品も、のこらず私は読んでいた。東北出身の彼の作風は、地味で、粘りつくような土着性に充ちていた。それと妙にかけはなれたヨーロッパ風の文脈もふくまれていた。

彼はくすぐったそうに笑いながら「こいつ、とうとう来やがったな」と言いたげに私をみつめ、ほかの連中が私に対して、どんな第一印象を持ったか、それを素早く確かめているらしかった。

私は、新任の出版主任だった。だから連中にとって、興味の中心なのだ。到着したばかりの私には、戦時下の東京の匂いがこびりついていた。彼らには、それがなかった。

「これが経理をやっているY君です」と紹介された男は、色黒のヤクザ風の体つきであった。

「こいつはね、ストライキの停め役で行ったくせに、ストライキを扇動する演説をぶった男でね」と、理事長が説明すると、色黒の男は、また昔の話をはじめやがって、と言いたげに、にやにや笑いをした。彼は眼鏡をかけていた。しかし、インテリ臭はどこにもなくて、したたかな経験を経た男の、どす黒いといっていい眼の光があった。それはE君には、まったくないものだった。

電話のベルがどこかで、しきりに鳴り、上海語で答える女の不愛想な声が聞えた。

私たちは階段を下りた。

外へ出ると、Yさんは私を手招きして、倉庫らしき場所に連れて行った。

「君は、自転車に乗れるのかね。君は主任だからね、一台買ってあるんだ。自転車を置いておくときは、いつでも鍵をかけておかなくちゃいけないよ」と、彼がひきだした自転車は、銀色に光っていた。車輪も大きかった。「乗れる」と答えてよいのかどうか、私がとまどっているうちに、彼は自転車の鍵らしきものを私に手渡した。前の車輪についている錠前を私に教えてから、彼は「この男は、ほんとに乗れるのかな」と、あやぶみながら「まあ、いいさ。乗れなくてもかまやしない」と、とりあえず、うなずいている様子だった。

われわれは通路に出た。みんな、めいめいの想いにとらわれながら、揃って浮き浮きした気分になっていた。丁度、いい按配に日は暮れかかっていた。あいまいに消え残っている薄い日光が、斜めから射しかけていた。いつのまにか私は、散歩しているのだった。電灯の輝きが、そこかしこに見えはじめた。なつかしいような、よそよそしいような風景の中に、私はとびこんで行く。もつれ合うようにして、歩いて行くわれわれのまわりに、もつれ合うような光と闇のつながりがあった。そして街路樹の下をくぐりぬけてゆくとき、私は、東京では味わったことのない静けさに包まれていた。細長いパンをむきだしで小脇にかかえた、白人らしい老婆が歩いていた。

すると螢が流れていた。青白い光が、私の顔を掠めすぎた。そして、空気の奇怪な分子のようにして、ゆらめきながら明滅しては消えていった。遠く流れるときは、螢の光は、やわらかい微かな線を描いた。一点にとどまっていると、何回も点滅し、もう消えるかと思っても、また光った。誰も、螢のことなど、気がついてはいなかった。

上海の螢。上陸したばかりの私を出迎えてくれた、異国の螢。それに感動しているには、私は、あまりにも、もの珍しい生活のはじまりにとり紛れていた。でも、たしかに螢の光が街路に流れていたのだ。

六月の中頃だった。

息ぐるしい、悩ましいような暑熱が、近寄りつつあった。

二

好天がつづき、私は仕事に入っていった。

電話がかかり、中国の少女が廊下からドアーをあけて、室内に顔をだす。「武田先生《ウーディシイサン》、電話《ディオ》」と告げる。私は、いまや、ウーディシイサンになったのだ。

日本語の書物を中国語に翻訳して出版する。それが私の仕事だった。翻訳係の中国人も、まだ集まってはいなかった。どんな書物を選んだらよいか、それも決定されてはいなかった。

電話《ディオ》が毎日かかってきた。私は美しい部屋の窓から、美しい庭を見下した立派な机を前にして坐った。

フェアリーランドとよばれるこの豪邸は、ノルウェーの船成金が建てたものだった。彼は二頭の愛馬と、一匹の愛犬を記念して、銅像を作った。芝生の上に、その銅製の動物たちが坐っているのが見下される。

出版部のほかに、日中文化の交流を図る機関があった。E君は、その方で働いていた。彼の仕事は、白系ロシア人のバレエ団や、白系ロシア人のほかに、色々な外国人を集めて、一つの交響楽団を作ることであった。踊りの方も音楽の方も、きわめてゆっくりと企ては進んでいるらしかった。彼のもとへは、朝鮮人の男性の踊り手や、そのマネージャーが訪ねてきた。踊り手はニジンスキーの素晴らしさについて語ったが、彼がどこまでニジンスキー的なのか、それはわからなかった。マネージャーは驚くほど多方面の企画を、次から次へともってきた。「そもそも、黄金分割というのはですね」と、片手をテーブルの上にのばして、空間らしき四角を指で書く。「これとこれとは同一ですか。等しいですか。そうでしょ。いくら分割しても絶対に切ることは不可能です」と、熱心に説明する。かと思うと「私はロシア人を女房にしてるでしょ。大へんなことといったら」と、いかにも日本人らしい黄色い顔で言った。

わるい血色のわりには、彼は疲れを知らず、彼の夢はとめどもなくふくれあがった。

「ともかく、Eさんがいてくれますからね。音楽だって、舞台装置だって、何だって教えてくれますよ。あの人のような有能な人が、上海に来てくれたおかげで、すべての上海文化は一変しましたよ。もちろん、いい方にですよ。がらっと変ったんです。あの人は、ぶらぶら遊んでいるようにみえても、実に先を見ています。というより、むしろ何事にも誠実だといったらいいのでしょうか。しかし、Eさんは頑固ですよ。自己の芸術的良心を曲げることは、決してありませんよ。日本の軍部の奴らにだって負けちゃいませんからね。中国の金満家にだって遠慮はしませんよ。パトロンはいくらでも出来ます。しかし、どんなパトロンを選ぶかは、われわれの判断によるんですからね。芸術は芸術家にしかわかりませんよ。ほかの奴らが何を言おうと、相手にしてやらなければいいんです」

彼はそばに立った、やせ型の朝鮮人ダンサーの肩に手をかけ「なあ、そうだろう」と、きまじめに言うのだが、踊り手は興味なさそうに、バレエの練習のつづきをやっていた。片足をあげては、また、まっすぐにする。片腕をあげては、ゆっくりとさしのばす。朝早くの練習でくたびれているし、マネージャーの弁舌には悩まされているので、ほどほどに付き合っているらしい。

この二人の服装は、それでも整っていた。ぜいたくな上海人の仲間入りしても恥かしくなかった。しかし、小説家E君の服装は、ひどいものだった。洗いざらした白やカーキ色の半ズボンをはいていて、古靴は破れかかっていた。

「管弦楽の管、つまり吹くやつ。トランペットでもクラリネットでも、日本人は駄目ですね。弾いたり叩いたりする方、とくに弦の方はどうにか賄えますが、吹く方は白人にたのまなくちゃなりませんよ。バレエだってね、ロシア人にはかないませんよ。いやいや、ロシア人と朝鮮人ですよ。フランス人とかイギリス人とか、あれはもう衰退しつつある民族ですからね、腰のバネがききません。そこへいくと、ロシア人と朝鮮人こそ、まだまだ野性の弾力がありますからね」

その朝鮮人ダンサーは、日本名で舞台に出ていた。だから、彼が高々と跳び上って大きく跳ねまわると、日本人観客は拍手するのだった。彼は、つまり、朝鮮人の腰をもった日本人であるわけだった。

「もう東京には芸術はありませんよ。文化もありません。Eさんみたいな立派な人、みんな東京から追いだしてしまったんですからね。上海には、いや、上海にこそ芸術があるんですよ。白人も東洋人も、ここでは坩堝の中のように煮えたって、溶け合って、新しい何かを創りだしつつあるんです。ライシャム・シアター、小さい劇場です。中国風によめば、蘭心劇場ですがね。あそこで各民族の芸術の粋を集めた祭典を、われわれは創りださなくちゃならない」

彼はそう言っては、ポケットから蘭心劇場の入場券をとりだすのである。そこでは、中国の新劇も上演された。よくも検閲で許可されたな、とびっくりするほどの激しい政治劇もあった。劇中の袁世凱や軍閥たちは、あきらかに日本軍をあらわしていた。新しい中国人歌手を紹介する番組もあった。その女歌手は、おそろしく下手だったが、多分、一夕の主席を買い占めた、金持の娘だったのであろう。そして彼の自慢する本格的な交響楽団、本格的なバレエが上演され、演奏された。それらすべてをE君は指導しているらしかった。

私自身の服装も、まるでなっていなかった。

白い長ズボンをぶったぎってこしらえた半ズボンは、ずだ袋のようだった。半ズボンには長靴下をはかなければならない。しかし、私は、普通の靴下をひきずり上げてはいていた。西洋人などは、しゃれた編み靴下を、見せつけるようにして、ぴかぴか光る自転車を走らせていた。それから、彼らのはいている靴の色は、靴下やズボンの色と、よく調和していた。

「自転車とは、何と美しい乗物だろう」

彼らのさっそうたる乗りぶりを眺めやって、私は感心した。

自転車だけは、私も新品だった。走りだせば、大型の自転車は、ほかの古自転車をすいすいと追いぬいた。だが、いったん停まると、乗るのが大へんだった。歩道に横づけにして、よく両手でハンドルを押えてから、座席にまたがる。足がペダルにとどいてから、あたりを見まわして、ハズミをつける。やがて走りだす。別の自転車が前に立ちふさがるか、通行人が横ぎるかしたら、それでお終いだった。横倒しにたおれて、膝小僧をすりむくことも多かった。

私にぶつかられた中国人たちは、一瞬、ふんまんやるかたなき表情を示すが、相手が日本人だとわかると、すぐその表情をひっこめた。

Yさんには、私の技倆のつたなさは、すぐ見抜かれていた。

事務所の備品たる自転車は、いったん、私に渡ってしまっては私用品だから、彼はにやにや笑いで見守るより仕方なかった。

Yさんは、上海の下町の愛好者だった。彼は古びた居酒屋で、ぐびりぐびりやる方を好んだ。租界の文化などは、彼の眼中になかった。ライシャム・シアターに客が入ろうが入るまいが、無関心だった。だいたい、文化人がきらいなのだ。

「うちの小田先生《シヨオデイシイサン》もいいけどさ。踊りッ子や楽士や、それから、何て言ったっけ。Eか。うまくもねえ小説家なんか集めやがって、いい気になっていてさ。連中が集まってくるのは、東方文化協会に金があるからさ。あなたも知ってるように、競馬場のあがりがあったからこそ、はじまったんだ。一番気にくわないのは、あのマネージャーだ。俺も、だらしのねえ奴は、たいがい見てきたつもりだけどさ、ここへやってくる連中ぐらい、だらしのねえ奴はいやしないよ。俺がそろばんをはじいていなきゃあ、どうなると思う」と、彼は慨歎した。

「まあ、出版部には紙というものがあるからな。だから、一時はしのげるさ。紙の値段は、毎週、倍にはね上っていく。ただし、サラの白紙のままならな。印刷したやつは売り物になりませんよ」

また、私を力ずくでも自分の味方にしてやろうとしている彼は、私の表情を注意深くうかがった。

ところで、私自身は、四六判の本を百冊作るには、何斤の紙が必要なのか、さっぱり知らなかった。まだまだ、それは先のことだった。翻訳原稿は、日本留学生がさかんに書きなぐっていた。まちがいだらけで、ところどころ、すっとばしてある。

出来上った枚数だけ、Yさんは原稿料を支払う。それも、彼の不満の種だった。

「これが、日中文化の交流なんかになるのかな。ともかく、中国の連中も金が欲しいさ」と、投げやりに彼は言った。

いずれにせよ、武田先生《ウーデイシイサン》は、中国人に好かれなければならなかった。そのためには、威張ってはならない。へり下って、やさしくしてやらなければならない、と、私は思った

夫婦共稼ぎで、翻訳を書きとばしている二人組もあった。彼らに向って、私は「才子佳人《ツアイツウチヤアレン》」と言い、それでも足りないと思って「才子多病《ツアイツウトオピン》、佳人薄命《チヤアレンポオミン》」と、つけ加えると、彼らは感心したように、二人顔を見合せて、嬉しそうに笑った。

その二人組の男の方は、上海大学の学長の息子だった。京劇の舞台に出したいほどの美男子だった。年長の奥さんは、すっかり彼に惚れこんでいる様子だった。いつも、夫の横顔に見とれていて「この人は、とても大胆な人です。いつか足が痛んだら、一人でお医者さんに出かけて手術をしてきました。みんな、そのこと、誰も知らないよ」と、愉快そうに言った。

かくして、私と彼らの仕事は、はじまりつつあった。彼らの間には、陰気で長身な中国青年もいた。

彼は、私の表情の変化を確かめながら「今度、太平洋は日本海と名を変えたそうね。それは、

日本が太平洋に面しているから、そう変えてもおかしくないよ。だけど、昔の日本海もあるしね。いいよ。日本人は、うまいこと考えついた」

彼が、ドイツから輸入されたハウスホーハーの地政学を知っていたかどうか、私には判断がつかない。彼は今のところ、まだ威勢のいい日本島からきた日本人の一員に対して、その気分を害さない程度に、言いたいことを口にしたのである。その陰気な青年は、私とともに、税関に勤める沖縄人の自宅を訪ねた。

訪ねる前に「そうね。何か、お土産を持ってゆかなくちゃ。そのお土産はメロンがいいよ。それにしましょうか」と考えていた。沖縄人夫妻の家では、彼と私を歓待して、カツレツを御馳走してくれた。食べ終って外へ出るとき、彼の長身は、淋しくしょんぼりして、幽霊のようにみえた。

Yさんは、しきりに私を酒屋に誘った。

酒屋には、さまざまな豚の内臓や、耳や脳が並べてあった。豆腐のように白い脳味噌は、ぶよぶよしていて、少しもおいしくはなかった。長いのや円いのや、色々の内臓をまな板の上で刻む気持のよい音が、私の酔った耳に入った。旧市街とよばれる古い城内の一郭も案内してくれた。そこには、ほんものの上海人が、ひっそりと来ては、無言で腰を下していた。埃りっぽい汚ならしい一劃だった。むきだしの泥は、白くでこぼこに乾いたままだった。

南京豆や砂糖菓子、砂糖きびのぶつ切り。みんな埃りをかぶっていた。蠅もたかっていた。

あのフェアリーランドのあるフランス租界とは、まったくちがった、土臭い空気が、澱み、たまっていた。

汗をかく壁

小田理事長は、あけっぴろげな明るい性格だった。どんな客でも、機嫌よく歓迎した。「小田さんもいいけれどなあ。あの、大笑いだけはいただけないな」と、E君は批判した。理事長の笑い声は、事務所が開いているあいだ、しまってからも一階でも二階でも、食堂でも聞えていた。

彼は、中国人職員や給仕女、婀媽《アマ》さん、ボーイ諸君その他、眼についた相手には、こだわりなく話しかけた。はじめての客とでも、まるで百年の知己のように親しくなった。客があると、必ず私をよびだして「これが、今度東方文化協会で出版の方をやってくれる武田さんです」と紹介した。

紹介したばかりでなく、私は直ちに彼らの話の仲間入りしなければならなかった。その客たちが、はたしてどんな種類の職業に従事し、どんな相談をもちかけてきたのか、分らないまま聞き入っているのは、具合のわるいことではあった。それにもすぐ馴れて、私自身も、理事長の無差別平等のような、おかまいなしの愛想のよさが身についてきた。

陸軍将校に付き添われた、ひどく頑丈そうな女性があらわれることもあった。あんまり人好きのしない不美人であったが、彼女は何か重要な仕事をしているらしく、将校と対等の口をきいていた。理事長のしゃべり続けている間、私は注意深そうな表情をくずさずに、客が何か質問したら適当に答えればいいのであった。

「なあ、武田君。そう思うだろ」などと、理事長は面白半分のように私の方に話をむけて、口には出さずに「こんな奴らはいい加減にあしらっておけばいいんだよ。これも君の仕事の一つさ」と、私に、それとなく知らせているらしかった。

孔子の子孫の一人が、事務所を訪れたこともあった。

名刺には、なるほど「孔某」と印刷されてあった。たしかに孔子の第十何代か、何十代か知らないが、一人の、上海式の青年で、さすがに孔子の子孫らしく、私などよりも、はるかに礼儀正しく見事な立居振舞であった。どんな職業で暮しをたてているのか、私にわかるはずもなかった。彼は新調の背広を着こなして、英語も北京語も達者だったから、知識人にはちがいない。

彼の説明によると、名前をきくだけで、無数にいる孔子の子孫の、大体、第何代の何番目の兄弟の血統であるか、孔子の血族の一員なら一目でわかるという話であった。末広がりに増加しているはずの親類縁者たちの数はおびただしく、それは当然、中国の上層部にもぐりこんで子孫をふやしているわけだった。

東方文化協会の日本側の理事の一人は、上海在住三十年のO博士だった。中国側の理事の一人は、上海自然科学研究所につとめていたT氏だった。しかも、T氏はかつて、郭沫若や郁達夫と同様に、文学団体「創造社」の一員だった。数すくない彼の著作を、私はのこらず読んでいた。彼の奥さんが日本女性であることも、よく承知していた。T氏の奥さんと郭沫若の奥さんとは姉妹であり、ともに日本留学中に結婚した間柄である。「創造社」系の作家を愛読していた私は、思いがけなくも、その仲間の一人に面接できたという喜びで、さかんにその話をもちかけた。だが、すぐ口をつぐんで、T氏は話を避けるようにした。

郭氏も郁氏も抗日陣営に属して活躍していることは、情報通でない日本人のあいだにも知られていたから、T氏としては昔の仲間の話には触れたくなかったのだ。T氏は日軍占領下の上海で、ときたま目立たない短いエッセイを発表していた。

昔日の文学青年の情熱は忘れはてているにせよ、文学者らしい感情のこまやかさは充分に残っていた。いまは九州大学で勉学した衛生学は役立っていないのだから、中国文にも日本文にも達者な貴重な文化人として、東方文化協会の理事に名を連ねているのだった。

「創造社」の有名な同人が、一人だけまだほかに上海に残っていた。かつては華々しく文名をあげ、作品数も多い張資平が、いまは何をやって生活しているのかは不明だったが、事務所に訪ねてきたことがあった。大恋愛小説など、さかんに書きとばして読者も多かったのに、その張資平は、いかにもうらぶれた生き残りらしい感じで事務所にあらわれた。

彼は、派手な服を身につけていたし、血色もよかった。肥満してもいた。だが、彼の心中がうらぶれたものであることを、私はすぐ察した。日本の小学校長のような地味な灰色の服を着た、痩せたT氏は、昔の友人にやさしく接していた。彼と二人だけの話も、ねんごろだった。私は二人の相談を、なるべく聞かないようにしながら「どうして、あの有名なチャンツウピンが、こんな具合のわるいことになったんだろう」と、ひそかに考えていた。私以外の職員は、彼の来訪など、気にもとめてはいなかった。彼は、日本側からも、中国側からも、すでに忘られかかった存在だった。抗日戦線からは軽蔑されていたし、占領地区内でも重要視されていなかった。

到着したばかりで下宿のあてのない私を、O博士は自分の家へひきとってくれた。高校の友人Gが、東亜同文書院につとめていて、私はとりあえず彼の家に下宿させてもらう予定だった。その旨をO博士に告げると「Gさんですか。彼のところなら私は知っているが」と博士はもの静かに言って、しばらく考えていた。そして「G君は、たしか最近結婚したはずですがね。ともかく、私も一緒に行ってあげましょう」とつけ加えて、私に同道してくれた。博士は京都大学の出身者で、同文書院の大学教授を永年やっていたから、G君にとっては大先輩であり、同僚でもあるはずだ。すべては好都合だった。

しかし、私たちを迎えたG君は、よそよそしかった。小柄で色白の彼は、ひどく神経質に緊張していた。きっと懐しがって喜んでくれるであろうという私の予想は外れた。

私を高校時代に学生運動にひきいれたのは、彼だった。彼は東大の国史学科を卒業している。彼と私は二人が揃って検挙されてから以後、会ってはいない。O博士の手前もあって、私が昔のことなど話しだしはせぬかと、彼は怖れたのかもしれなかった。それとも、結婚したてで、下宿人など置きたくなかったかもしれない。彼に似て、小柄で色白の女性が、私たちの方をちらちらと眺めやっていた。恐らく、それが彼の夫人だったのであろう。

左翼運動に体験のある男が、たがいに警戒心を強めるのは、よくある例だった。上海には、かつて左翼運動に参加した男が多い。それはそれとして、高校の同級生なのだから、表面だけでも歓迎してくれたらよかりそうなものなのにと、私は怪しんだ。

博士は「今度、この方は東方文化協会の仕事を手伝いにきてもらったのでね。協会には、同文書院大学の者も加勢することになっているし、それに同級生だというのでお連れしたんですが」と、やさしくなだめるように、G君に言ってきかせた。

「それなら君のところに下宿することは難しいようだね」と、G君に向ってとも、私に向ってともつかず、ゆっくりと話しつづける。私は、広壮なG君の住居を、まだ諦めもせずに眺めまわしていた。

「ああ、それならよろしい。それじゃあ、あなた、私のところへ下宿したらよろしい。まだ家の者には話してありませんが、そういうことにしたらどうですか」と、博士は言い、私は「はあ、そうしますが」と答えた。

博士の住居は、滬西《こせい》の閑静な住宅街にあった。

上海の英米人の住宅は、その頃すべて接収されて、日本人たちが自由に使用していた。博士も、G君も、理事長も、その接収した洋風家屋を借りうけて住んでいた。

それ故、日本人にはふさわしくないほど広い住宅を、彼らは与えられ、まるで昔から自分の持物であったかのごとく、住みついていたのである。

まことに快適な三階建の洋館には、ガレージもあり、女中部屋もあった。博士夫人と二人の男の子が、博士とともにそこに住んでいた。博士夫人は、到着したばかりの私を注意深く観察し、どんな人物かを検査した。

「まだ、この方独身ですの」と、うなずきながら「それじゃあ、子供たちと御一緒に寝ていただきましょう」と、二階に畳を敷きつめた広間に私を案内した。私は寝椅子だろうと、板床の上だろうと、寝る場所さえあれば、差支えはなかった。長崎を出航するさいに、ほかの汽船に委託した私のふとんや衣類は、まだ到着してはいなかった。そんな私をひきうけるということは、博士の家族にとって大問題だったはずだ。

大きな声ひとつ出さずに、万事ゆっくりとしている博士は、うちのことは、そっくり女房任せにしているらしかった。

「お米は日本人には特別に配給がありますから、心配ありませんが。おかずの方の代金だけは払っていただきますから」と、てきぱきした口調で、夫人は言って、夕食には茄子の油いためを御馳走してくれた。食用油の欠乏した東京からきた私にとって、それは有難いおかずだった。それに、私は油ものが大の好物だった。私の観察によれば、夫人はひどく頭の廻りが速く、北京語にも達者な上に、日常語は上海語でもしゃべることができるらしかった。

私は最初の晩から、まず夫人の支配下に入った以上、何かにつけて、彼女の気に入られるような態度をとろうと決心した。博士の方は、一見のんびりしているのだから、仕事さえ怠けなければ大丈夫と判断した。夫人が私について、何より心配したのは、女性関係でだらしのない男か否かという点であった。一方、東京で寺住まいをして、どうやら禁欲生活を続けていた私は、上海にいるあいだ、日本人にせよ、中国人にせよ、女性と関係を持つことなどありはしないと考えていた。ことに中国女性というものはタブウだった。日中文化交流を仕事とする私として、敬して遠ざけることをモットーとしなければならなかった。

私は事務所が閑なときには、一週間に二回、上海語の教授をうけることにした。その先生は、上海女性だった。しかも、かなり美しい女学生だった。「上海語を教わりたいんだけど、誰かいい人いないかしら」と、私がつぶやくと、翻訳の仕事で通ってきている青年が「ありますよ。

ぼくの友だちに、とてもいい人がいますから」と、待っていましたというばかりに言ってのけて、その翌日には、彼は彼女をともなって事務所にあらわれたのだ。

彼女が私に上海語を教えはじめるが早いか、すぐさま作家のE君は面白がって、様子を見にきた。彼は「こいつ、いつのまにこんな女性を探しだしたんだ。案外すばやいところがあるぞ」と、からかうように私の事務所に入ったきり、出てゆこうとしなかった。私としても、先生がきれいな上海女であることに、満足しないはずはなかった。

彼女は、女学生とはいうものの、きびきびしたインテリ風は少しもなくて、むしろ下町風の控えめな女性だった。大きな両眼には、機敏な心の働きは少しもみえなかった。日本人のうろうろする立派な事務所に入りこむことに、一種の気まずさと驚きをもっているらしく、できるだけ人目をひかないようにしていた。

当時の上海女性の一人として、太ももの部分が横で割れた支那服の間から見えるような恰好だった。身動きするたびに、すらりとした脚が服の外にあらわれる。それは、私にもE君にも、ほかの日本人職員にも珍しい眺めだった。

事務所に出入する、媽媽《アマ》さんも女給仕も、彼女のような派手な服装を身につけてはいなかった。

彼女の教え方は、きわめてまずかった。というより、教えるなどという仕事が苦手らしかった。

私が博士宅へ戻ると、夫人は「あなた、上海語を女の先生に習っているそうね」と、私の本心を危ぶむように言った。

「一週間に二回だって？　そんなら事務所でやらないで、彼女をうちに連れてくればいいじゃないの。どうせ一時間ぐらいで終るんでしょ」と、私をたしなめるような口調であった。彼女の人物に大いに興味を抱いて、どうしてもそれを確かめずにはいられない様子だった。

「上海語なんて、ほかの町では通用しませんよ。新劇を見物しにいったって、役者のしゃべるセリフはみんな北京語ですよ。まあ、あなたがおやりになりたいんだったら、勉強するのは結構ですけれども」と、年上の女性が若僧を相手にして言いそうなことを、私に言った。

壁が汗をかくような暑い夏がつづいていた。

洋館の内部の壁は、どこも塗料が塗られてあった。蛙の背のように青く塗られた壁には、湿気の激しいときには、水滴が浮んだ。蛙のイボのような水滴は、やがてすじをなして、地下室でも、二階でも、壁を濡らしていった。

私が到着の日に、フランス租界でみかけた螢の光も、その湿気のおかげで生れたものだった。理事長は、少女のような秘書を連れて、相変らず私に冗談をあびせた。その可愛らしい女秘書がどんな種類の女性なのかも、私にはわからなかった。上海語も北京語も、その上、広東語にも通達している彼女は、日本人の女性と中国人の男性の間に生れた混血児だった。
まだ世の中のことなどよく知らない、あどけない林小姐《リンシヤオチエ》は、客が多くて椅子が足りなかったりすると、平気で小田先生《シヨオデイシイサン》の膝の上に腰かけたりした。そんなとき、娘をあやす父親のような理事長は、少しも好色漢のようにはみえなかった。

彼の長男も、父に似て、眼もとに愛嬌のある女好きのする好男子だった。あまり勉強好きともみえぬ彼は、上海の聖ジョーンズ大学に通っていた。親父さん同様に、あけっぴろげでこだわりのない長男は、その特殊な大学で中国人学生にまじり、英語で講義をうけているのだった。その、おとなしい、のんびりした日本青年も、すっかり林小姐と親しくなっていて、おまけに若者らしく、ふざけ合ったりしているのだった。

大声でしゃべりまくる理事長とはちがい、O博士は、おっとりして無口だった。博士はそのような理事長の暮しぶりを、ひそかに危ぶんでいる様子だった。京都の大学を出た博士は、支那経済史の専門家だった。支那人の高度な現実主義について、自宅で夜遅くまで熱心に私と話し合うほど、学者風の人だった。

「お前さん、博士の家に下宿しているんだってな。O博士って、なかなか面白い人物らしいじゃないか」と、羨ましがるE君に「そうさ。この間も中国人の高度リアリズムについて、一晩たっぷり話し合ったくらいだ」と、私は告げて、一そう彼を羨ましがらせた。

O博士の漂わす雰囲気と、理事長の周囲をとりまく気配とは、まったくちがっていた。そして、中国側を代表する文学者兼自然科学者たるT氏は、その二つの流れの間で、どっちつかずにしているにちがいなかった。

色の浅黒い長身のT氏は上品だった。口数も少なかった。その点でT氏はO博士に似かよっていた。

上海にも、秋がきた。

街頭では屋台店で焼栗が売られていた。細長い紙袋に、その焼栗を入れてもらっては、私はそれを食べながら散歩した。街頭で、大餅《ダアピン》、油条《ユウディオ》を買って食べることも覚えた。大餅《ダアピン》を焼く細長い釜の下には、煤球児《メイチユウル》がかっかと燃えていて、親爺さんが圧すフイゴの風で、ますます強く燃えさかっていた。その釜の内側にメリケン粉をのして作った餅が、次々に貼りつけられる。油条《ユウディオ》は鍋の油でさっと揚げたものをとりだして、新聞紙に包んでくれる。少し塩気があって、大餅《ダアピン》で油条《ユウディオ》を巻いて食べると、丁度いい按配だった。

私が日本から持参した身分証明書では、一ヵ月以上の上海在住は許されないことになっていた。滬西の領事館警察に出頭しても、それ以上、期間をのばすことは難しいらしかった。「この証明書では無理ですねえ」と、特高係は気の毒そうに説明して、仲間とひそひそ声で相談した。その低い話声のつづくうちに、私の耳に「この人は、おそらく内地の警察にひっかかったことがあるんじゃないか」という言葉が聞えた。それだけで諦めの早い私は、上海滞在をのばすことを諦めかかっていた。東京の警察署では、私の上海渡航を許すまでに、書類を何回も出ししぶっていた。

いろいろと頭をひねくった結果、大東亜省と関係のある雑誌の編集長のことを思い出した。気さくな彼は、私の相談をうけて、すぐさま私と警視庁に同道した。本庁の特高係は、その場で目黒署に電話して「まあ、いいだろうと思うから、許してやってくれんかね」と、口添えしてくれた。しかし、それでも目黒署の特高課長は、何だかんだと許可をひきのばした。

その理由は、おかしなことに、祐天寺に集まった中国留学生たちに、私が短い話をしたさいに、中国語をまじえたためであった。中国語の出来ない課長は、私が何かしら秘密のことを、彼に聞きとられないようにしゃべったと勘ちがいしたのであった。

領事館警察の控室で、そんな出発前のいざこざを、私は思い出さざるを得なかった。このまま日本へひき返しても、私の住む目黒の寺は、元通り残っているはずだし、両親も健在だった。寺で催された送別会の夜、私は「見よ落下傘」という歌を大声で歌った。それは、私のかねての念願が適えられるという喜びで、とびたつ思いがしたからだったにちがいない。

人気の少ない静かな領事館警察の控室では、難しい用件で来たらしい上海の主婦が、一人辛抱づよく、板の腰掛に背をもたせかけて、いつまでも待っていた。それを眺めているうちに、このまま上海に留まってもいいし、東京の寺へ逆戻りしてもいいし、すべては運命任せという気持に、私はなっていった。しかし、中国文学を学問にする私にとっては、中国の人々にまじって暮せることが、何より嬉しい。その期間が永つづきすることが望ましい。望ましいことを捨ててしまうのは辛いはずであるが、それほど、一つの目的に執着して耐え忍ぶ気持は、少しも湧いてこなかった。

その難問は、翌日、O博士が気軽に出向いて解決してくれた。ともかく、上海に居住してさえいれば、急に召集令状をうけとることはなしに済むらしかった。もちろん、私は召集をまぬがれるために上海へきたのではない。どのような堅固な意志も信念も、私にはあるはずもなかった。そのような、あいまいな状態こそ、私にはふさわしいものと思われた。

私は、なるべく短時間の間に、普通の上海人が食べるものを食べ、歩く場所を歩き、見られるだけのものを見、上海の喧噪の中に溶けこむことを心がけた。街には、朝早くから、京劇のレコードのかん高い響きが流れていた。上海の青少年は自転車を走らせながらも、京劇の歌曲を口ずさんでいた。「何日君再来《ホーリーチユンツアイライ》」という歌が流行していた。

麻雀の牌《パイ》をかきまぜる音が、裏町を歩くたびに、どこの窓からも戸口からも聞えていた。

そして、上海の主婦や子供たちは、飯を山盛りにした丼をかかえて箸を動かしながら、口のあたりを飯粒だらけにして、貪り食べていた。食べることが難しくなっている人々は、人前で眼につくように食べることが、むしろ誇らし気だった。

事務所に通ってくる婀媽や給仕女は、日本人にだけ配給される白米を分けてもらうとき嬉しそうに笑い声をたてた。

事務所の食事は質素だった。たとえ、一汁一菜であっても、御飯だけは腹一杯食べられた。O博士の宅に住みついている婀媽さんが出張してきて、昼食だけ拵えてくれることになっていた。

「牛でも豚でも、もう少し肉を出せばいいのに。肉の方が消化はいいんですから」と、上海大学の学長の長男は、事務所の食事の貧しさをけなした。お昼のお菜におからが出てきたときなど、呆れ顔の彼は「これ、豚の食べるものですね」と、私に言いきかせた。

一食だけでも、事務所でありつけることで、私は充分満足していた。どんな質素なお菜でも、油でいためてさえあれば、私にとっては有難いことだ。

上海語の女先生は、一週に一回はO博士宅にきて教えることになった。彼女にとって、それは窮屈なことであった。少し、おどおどした様子で、博士夫人の視線をうけながら、彼女は出来るだけ礼儀正しくしていた。

博士と彼女と私は、三人揃って、南市郊外のクリーク沿いの道を歩くこともあった。

「ぼくは兵隊のとき、ここいらに居たんですよ」と、私は博士に告げた。

二十五歳の私は、補充兵二等兵として、南市の衛生材料廠に勤務していた。そのかたわらには、兵站病院の大きな建物もあった。

われわれの宿舎は、自然科学研究所と近かった。水の不足で困っているわれわれに、研究所の職員は、有刺鉄線越しに、ゴムホースで水を送ってくれた。その仲間には東方文化協会の理事の一人であるT氏もいたのかもしれなかった。

一輜重兵の私は、再び上海に民間人として来られようとは、夢想だにしたことはなかった。輜重兵たちは酒に酔うと、酒瓶などをできるだけ遠くへ投げて、そのくだける音を確かめることを楽しんだ。もしかしたら、そのようにいたずらを楽しんだ兵士たちの投げた瓶は、いま私たちの歩いているクリーク沿いの道に当って砕け散ったのかもしれない。

上海租界の強行突破が行なわれたのも、その頃だったのであろう。

日本軍の部隊が完全武装で、上海市民の見ている前で、はじめて行軍したのだった。留守番をしていた私は、その現状を見ることはできなかった。私と同じ輜重兵の一人は、その光景をわざわざ見にでかけたが、ひどく昂奮して、その場の様子を私に教えてくれた。「強そうだったぜ。やっぱり日本の歩兵は強いんだな。俺たちとはちがうわ。ザックザックと靴音を揃えてさ。アメリカ人だかイギリス人だかわからないけれども、白人もまじって行進を見守っているんだ。何だか、ひっそりと静まり返って、空気もなくなったような租界の中をさ」と、彼は感慨深げに話した。その彼も、再び召集されて、ソ満国境にいた。われわれ輜重兵の脚は短かった。ゲートルを巻くと、なおさら短くみえた。

そんな私たちにくらべて、現役の歩兵部隊が威武堂々にみえるのも不思議はなかった。いまや、フランス租界も共同租界も、日本人の掌中にあった。英米人は収容所の中で、おとなしくしていた。一度だけではあるが、インテリらしい上海人の一人が、ぼんやりと目的もなしに歩いている私の足もとに唾を吐きかけたことがあった。上海人は日本人を憎んでいるにちがいなかった。しかし、彼らは、日本人と付き合うことによって、ほどほどに生計をたてているのだろう。

彼らは、決してヒステリックにならず、絶望をむきだしにしもしなかった。経理室のYさんの手伝いをする中国青年は、事務所に顔を出す前に、毎日めまぐるしく変る銀貨や銅貨の値段、外国や中国のさまざまな紙幣の相場の変動によって、ひとかせぎしてくるらしかった。Yさん自身も、文房具その他の事務用品を扱う商人や、紙屋や家具屋を事務所によびつけて、坐ったままで儲けているにちがいなかった。彼の買いととのえる帳簿やノートやカードは、ひどく立派だった。彼の命令のもとに働いている婀娜さんや女給仕たちは、彼の表情をうかがい、自分たちの運命を少しでも上向きにしようとしていた。彼女たちにとっては、商売能力のある彼だけが頼りだったのだ。私をはじめ、ほかの日本人職員など、眼中にはなかった。

街では、喧嘩している男女の姿をよくみかけた。おかみさんや娘たちは、高い声で男を罵り、いつまでも止めなかった。まわりには人だかりがしていた。負けるのはいつも男の方だった。男は手を振り上げることはせず、具合がわるくなって立ち去った。

ある朝、翻訳する日本の書物の予定表を眺めて、理事長は顔を曇らせた。それは、O博士が私に渡したものだった。

「みんな京都派じゃないか。Oさんは京大出だから仲間の著書を入れるのは仕方ないけれど。みんながみんなとはな」と、理事長は考えこんでいた。

京都学派は軍部からにらまれていた。私の抜けだしてきた東京には、日本主義者の「愛国的」「熱情的」言論が氾濫していた。日本古典の中から、国民精神をふるいたたせる役に立つ書物が探しだされて、大量に出版されていた。このリストには、その種の書物の名は一冊も入っていなかった。

小田先生《シヨオデイシイサン》は「君自身の意見は?」と、問いかけるように私の顔つきをうかがった。

私は、彼が左翼くずれであることを知っていた。若い頃の彼は、故郷の長野県で「信濃毎日」の記者をしていた。そして勇敢に、哀れな紡績女工たちの味方をして、工場主や政府攻撃の記事を書いた。Yさんも同じ長野県生れで、そして左翼くずれだった。彼とは仲のわるい作家のE君も、左翼くずれだった。E君は高校生のとき運動に参加して、若くして学校を追放されたのだ。私は起訴されたことも、投獄されたこともなかった。だが心理的には、彼ら左翼くずれの同情者だった。左翼くずれは、上海のどこの機関にも潜りこんでいた。右翼の親分のKが経営するK機関は、飛ぶ鳥落す勢いで、資金もたっぷり持っていた。物資収集の名目のもとに、儲けるだけ儲けていた。

そのK機関とは別に、さまざまな機関が動いているらしかった。その一つは、共産党からはなれた、モト党員の転向者グループによって組織されているという噂だった。

O博士には、マルクシズムの影響は認められなかった。むしろ純粋学者風の自由主義者だった。

彼は、私を連れて上海大学の学長、張氏の家を訪れた。そのさい『世界法の理念』という、カトリックの法律学者の書いた書物について、二人は話し合った。

「『世界法の理念』、実にすばらしい本です。是非お訳しなさい。平和の心がこもっています。あの心は中国人の心です」と、張氏は熱心に博士に語った。博士はおだやかにうなずくだけであった。

国内にみちひろがった「常識」によれば世界法は、あいにく日本法ではなかった。それは、日本法を上から眺め下すキリスト教の神の摂理を説くものであった。

世界は征服すべきものであって、いつまでも正しい絶対のものでありつづけるはずはなかった。だから、世界法と口走ることは、それだけで日本を裏切ることになりそうだった。内地の風潮は、日本、日本、すべてが日本中心だった。日本の消滅、それより先に世界の消滅がくるはずだった。皇居を眺めやって三条大橋に両手をついて涙を流した高山彦九郎こそ、国民のカガミだった。

気の弱そうな上海語の女先生は、ますます気弱になっているように見うけられた。いつも疲れたような空ろな表情をしていた。彼女を私に紹介した中国青年は、それに反して元気一杯だった。

彼は、召集を待つ軍国日本の青年のように、五分刈り頭にしていた。そして、親しいはずの彼女とは、ほとんど言葉を交わさなかった。消極的な彼女とはちがって、彼はすこぶる積極的だった。日本語の弁論大会にも進んで出席した。学長の長男の張さんが審査員の一人だった。そして、彼は一等賞を獲得した。

張さんは、事務所の椅子に腰を下して、にやにや笑いをしながら「ぼくは、朴さんに一等賞をやりたくなかったんだ。彼は元気がよくて声が大きいからいいけれども、日本語は下手です。ただ、ここで知り合いになったからね」と告げた。

だが、経理のYさんは張さんの日本語を、てんで信用していなかった。「張君が通訳するのを聞いていたら、はじめから終りまで、おんなじようなことを言ってたぜ。ただズラズラと日本語を続けてしゃべっているみたいなんだ」と批判した。Yさんが張君を信用しないごとく、張君は頭からYさんを軽蔑しきっていた。張君の軽視しているのは、Yさんばかりではなかった。大きな抱負をもっているらしい張青年は、私を含めて、すべての日本人職員を鼻であしらっていた。

晴天のつづいている真昼どき、私はE君と女先生を伴って、フランス公園に行った。公園の内部は色鮮やかな赤い砂で敷きつめられていた。それは中国南部にはよくある砂であったが、われわれには珍しかった。その赤い砂と競い合うように、サルビアの赤い花が咲き誇っていた。大通りの四つ角にある公園は、その時刻には静かだった。

E君は、あきらかに彼女と私の関係が、どこまで進行しているのか、興味があるにちがいなかった。

芝生に脚を投げだした彼女は、何か思いあぐねた様子で、元気がなかった。花模様のあるハンケチをとりだして、拡げては折りたたんでばかりいた。話題は一向にはずまなかった。その場の情景は、いくらでもロマンチックといえるものだった。赤いサルビアの花と赤い砂、明るい日射し、若い異国の女性。だが、けだるそうな彼女を眺めていると、そのけだるさが、こちらにものり移ってくるようだった。何国人かは知らないが、金髪の西洋少女が生活を楽しむように、母親と遊んでいた。

われわれは公園を出て別れた。

事務所の方にむかって歩きながら、E君は「もしかしたら……」と、私に話しかけた。「彼女は、もしかしたら朴とかいう元気のいい奴の恋人なんじゃないか。いや恋人というよりも、二人は肉体関係があるんじゃないか。朴は、君に彼女をおしつけようとしているんじゃないか。そして、ひょっとしたら、もう妊娠しているんじゃないか。彼女はいい女性だよ。彼女自身にはわるげはないと思う。だが、朴という奴はけしからん男じゃないかと思うんだ。彼は第一、彼女と恋人同士であることを、われわれに隠しているじゃないか。一言も彼女とは話をしないじゃないか」と、私に同情するように言いつづけた。

「だから、中国人は嫌いなんだ。そういうと君に叱られるかもしれんけどさ。いや、中国人全体とはいわないよ。中国人が好きな君の前だから、こういうわけじゃないけどさ。少なくとも上海の中国人は、俺は嫌いなんだ。虫が好かないんだ。白系ロシア人の方がもっと遙かに人間らしいよ。ぼくは奴らの方が好きだなあ。何も、君にロシア人を好きになってくれと言ってるんじゃない」

そのように打ち明けた話をしてくれるE君は、いい感じだった。彼の潔癖さは、水のように私の肌に沁みこんだ。潔癖というものを諦めかかっている私にとって、それは新しい気つけ薬となってくれた。

まわる部屋

街では、行き倒れをよくみかけた。

夏だのに、あるだけの服を重ね着して、ボロ屑のように動かない中国人もいた。顔も手足も真ッ黒に煤けていた。市民は忙しげに通り過ぎ、倒れた者を振りむこうとはしなかった。もう死んでしまったのか、それとも死にかかっているのか、私も立ち止って調べることはしなかった。

白人の行き倒れもある。たいがいは、上半身が丸裸で、皮膚が真ッ赤にやけている。白系ロシア人かもしれなかった。白人が意識不明で横たわっている姿は、白いだけによく目立った。さしたる老人とは思われなかった。

酔い伏しているにしても、真昼どきだった。かまびすしい街なかでは、匂いをかぎながら、ゆっくり歩いている犬も見うけなかった。子供たちも行き倒れの屍を見に集まることはしなかった。

身体つきの精悍な巡警は、脂ぎった手足が真ッ黒に陽やけして、汗をかくとよく光った。制服の半ズボンと、半袖の上衣からむきだした彼らの手足はたくましい。そして眼光も鋭い。

巡警は警棒を手にして、絶えずせかせかと動きまわっていた。そして、まだ生きている市民たちを整理したり、どなりつけたりした。だが、彼らも一文にもならない行き倒れを始末しようとはしなかった。

乞食は乞食で、めいめい自分たちの居場所をゆずろうとはしなかった。いつも、きまった場所に同一の乞食が坐っていた。人々は、乞食に銭をやることを、それほど苦にしなかった。金持の主婦などは、ゆっくりとそばに近寄って、何か話しかけながら銭を与えた。

乞食は立派な商売人であって、まだ、これからも生きて営業をつづけてゆくらしく、どことなく元気がよかった。もしかすると、身ぎれいにして忙しげに歩み去る市民の或る者よりは、裕福なのかもしれなかった。

ある日、好人物らしい中国人の学者が事務所を訪れてきた。彼の携えてきたのは「乞食の研究」であった。面接した私の表情をうかがっているのは、東方文化協会で自分の労作を出版してもらいたかったからだ。きっと方々で断られてきたにちがいない。たとえ出版できたにしても、その印税は一週間分の乞食の貰い高にかないそうもなかった。

私は、とりあえず眼を通してみた。それは、きわ物ではなくて、真面目な学術論文だった。残念なことに、協会では翻訳ものしかとり扱わなかった。だが、私は、いかにも実直そうなその学者が気に入った。「しばらくこの原稿は預らせて頂きます」と言って、机の引き出しの奥にしまった。

学者は、どうせ結果は分っていたのさ、と言いたげに、ていねいに挨拶してひきあげた。

「もしかしたらあの人は、上海の乞食たちを愛しているのかもしれないな。でも、この忙しい上海の片隅で、あんな学者がこんな研究を根気よく書きつづけ、人知れずまとめているのは、いかにも上海らしいが」と思った。大隠は市にかくる。どんなタイインがこの上海には隠れすんでいるのか、わかりはしない。事務所にあらわれたのは、まだ、ほんの三角形の頂点にすぎないのだ、と私は愉快になってきた。

あいかわらず来客は多かった。日本人の歌手や作曲家、文学者や画家たちは、たいがいは危険な海上を避けて、北まわりで上海へ到着した。そのたびに私はサービスボーイとして、彼らを歓待しなければならなかった。

階下のレストランからは、庭の芝生に直接下りたつことができる。客たちは、広々とした芝生に面したレストランで食事することが、ことのほか好きだった。「上海の夜」など、支那趣味を満喫させる歌で有名な女歌手がやってきた。彼女の向い側には、彼女の歌のほとんどすべてを作曲した音楽家が、上品な麻の服を身につけて、いかにも落ちついた指導者らしく腰を下した。

彼らは、たいがい、肉や魚の料理を注文した。費用は協会が負担するのだから、私も食べてよいはずだった。だが、理事長やO博士からは、なるべく節約するようにという達しがあった。同席したO博士は「あなたのことは、よく存じ上げています。顔もお声も。あなたのファンでして、一度お目にかかりたいと思っていました」と、愛想よく言う。

女歌手の反応は、そっけないものだった。「そうですの」と言ったきりで、自分の胸元に絹の扇子で風を送っている。

「わたし、バターは食べると肥りますから。それにジャムは嫌いですし」と、テーブルの上を見まわしている。「お砂糖が少し頂きたいんですが」と、私の方を眺めやる。

「それじゃ、あなた、この方にお砂糖を持ってきてあげなさい」と、博士は気軽に私に命令する。席を立った私は、奥のボーイさんのところにいって、砂糖を小声で注文する。だが、彼は首を横に振って、砂糖を出したがらなかった。配給の砂糖は貴重品にはちがいない。私が何度も説得して運んだ砂糖は、ちょっぴりと指先でつままれて、小さな小さな皿に落されたものだった。

彼女は「あら、すみません。わざわざ持ってきて頂いて」と、博士に対するよりも、はるかに機嫌よく言って、忠実な日本青年である私の全身を眺めまわした。

「王《ワン》さん待ってて頂だいな」という甘ったるい歌声が、できるだけ姿勢よく立っている私の頸すじから頭のてっぺんにかけて、ぐるぐるとまわる。

「わーたし十六、満州娘、春は三月雪どけに迎春花《インチユンホワ》が咲いたなら、お嫁にゆきます隣むら……」という、わざとらしい歌詞が、私の耳の中から湧き上って、私の全身にまとわりついた。

「たとえ、尊敬していない相手でも、うやうやしくしなければならないんだ。そんなことなんか、ちっとも恥ずかしくありゃあしない。ここは満州ではなくて上海だぞ。いつまであなたは、あの歌を歌っていられると思いますか」と、腹の底を冷たくして、声のない声でしゃべった。

E君は事務所の幹部連中の注意を無視して、このレストランで知り合いの日本人や中国の文学者に御馳走した。そんなとき、E君は、私を必ず仲間に入れた。そうすれば、罪は二分されるからだ。日本語の文芸雑誌が上海では発行されていた。同じ上海に住みながら、フランス租界のレストランなどには足を踏み入れたことのない文芸雑誌の同人たちは、ただ、それだけで、すっかり喜んでいた。E君は、できるだけ、鷹揚にふるまって「こんな御馳走なんか珍しくもないや」という素振りをみせた。私もその真似をした。だが、二階の食堂では、肉も魚も出たことはなかった。E君だって、一日一食ですませる日が多かった。腹が空いたら、パイカルを一杯あおればいいのだ。白乾児《パイカル》は、澄みきった蒸溜酒だった。一杯あければ、半日はもってくれる。

まだ私は、この恐るべき酒を飲んだことはなかった。たいがいは、アルコール分の少ない老酒や、もっと手数のかかった高価な酒でお相伴した。

ある日、経理室から、Yさんが出てきて、私たち出版部の職員の坐っている大机の上に、二本の瓶を置いた。

張君が泰然と私の向い側に坐っていた。

「あなたは、ブタです」と、いきなり彼は宣告を下すように言った。それで、私の表情の変化を確かめているらしかった。彼は、大きな眼でいたずらっぽく私を眺めている。中国人職員に対しては、いつも、ぼんやりした心理状態で、むやみに波だったり、昂奮したりしない癖が、私にはついている。だから、どんな中国語も私の正面をよけて通って、効果は一向にあらわれないのだった。

「ブタという意味はね。バカということなんだ。ブタは自分で自分の臭さに気がつかない」と、彼はなおも言った。

私の手は、いつのまにか二本の酒瓶の方にむかっていた。室内は、気持のわるいほど明るかった。

「その酒は、とっても強いよ」と、張君は注意する。私は瓶をかたむけて、湯呑み茶碗に、たっぷりとパイカルを注ぎ入れる。茶碗の中の液体は、妙にゆっくり揺れて静まりかえる。

私は一杯をいきなり飲み干した。もう一杯ついで、何の用心もなしに私はのど元に流しこんだ。すると、たった二杯で奇妙なショックをうけた。

「あなた、O先生に用事を言いつかったんじゃないの。博士の命令で、女の人にあいにゆくはずだったでしょう」と、彼は手をのばして、私を制止しようとして叫んだ。

彼は面白そうに私を見守っていたが、彼の大きな眼のどこかに、ちらりと不安の影が掠めすぎた。

「ダメです。外へ出て行ったら危ないよ。ダメだったら」と言う彼にはおかまいなしに、私は三杯目を飲み干した。室内も室外も、まばゆいほどに明るかった。光線は今まで見たこともない明るさに凝固して、そのまま、じっとしているらしかった。何の物音も聞えなくなった。張君は大手をひろげて、出てゆこうとする私を抱きとどめた。私が階段を駈け下りると、彼もつづいて駈け下りた。

光景は一変していた。通りへ出ると、通りもちがった凹凸と陰影でひろがっていた。

私の足は、自由気ままに走りだしそうだった。けげんな顔つきの市民たちが、横や斜めや背後から、私を覗きこんでいる様子だった。

私は泳ぐように目的地にむかっていた。

張君の呼び声が追いかけてきたような気がした。私の両側の通行者の壁、それは色とりどりの服装をもやもやと溶かしこんで、揺れ動く二枚の幕のようであった。博士の指定した中華料理店は、事務所のすぐ近くのはずだった。広い硝子戸で囲まれた店の内部に入ると、顔見知りの女性がたっていた。彼女は小声で叫んで、あとずさりした。

彼女は、重慶にいる夫と別れて、上海で一人住まいしている中国婦人だった。激しい雨の日に彼女の下宿を訪ねると、琺瑯びきの洗面器や桶やバケツが部屋一面に並べてあった。淋しい裏町で、雨は天井からさかんに落ちていた。洗面器の花模様だけが灰色の室内で、そこだけ女らしく赤かった。飾り気のない彼女は、元気よく大声でしゃべった。

「有島武郎が私は好きです」と彼女は言った。「有島は勇敢な人です。彼は愛人と二人で自殺しました。なかなか、あんな人はいませんよ」

色のあせた緑のセーターは、ところどころほつれていて、髪の毛にも顔にも化粧品は少しも用いていなかった。彼女と博士がどんな知り合いであるのか、少しもわからなかった。「何だか、面白そうな、危なっかしそうな女性だな」と直感した私は、怱々にひきあげた。

いま料理店の中で、私と向い合った彼女は、あでやかに化粧していた。まわりの中国の男女が、さっと席をよけて、椅子やテーブルを動かした。そして、私は、その中央に仰向けに倒れて意識を失った。

三輪車《セリンツオ》か、黄包車《ワンポーツ》の上にかつぎあげられ、事務所の方へあと戻りしているらしい。どうやって階段を昇ったのかわからないまま、かつぎおろされた私は、事務所のどこかの部屋の床に寝かされた。眼をつぶっても、眼をひらいても、明るい闇のようなものが、ぐるぐるとまわっていた。机も椅子も、天井も床も、ぐるぐるとまわった。まわる部屋の中で、たった一人で夜を迎えた。痛くもかゆくもなくて、時間は心地よく過ぎてゆくらしい。また、かつぎあげられ、何か、乗物にのせられて運ばれて行く。

眼がさめると、博士邸の二階だった。そこの畳を敷きつめた部屋もまわっていた。「いや、痛快だよ。あんなに酔っぱらうなんて」という博士の声が聞えて、つづいて奥さんの声が「まあ、どうでしょう。昼間っから仕事場でパイカルを飲むなんて。誰が知らせてくれたのかしら」と、咎めだてしているように聞えた。

翌朝、無事に自分の寝床の上で眼をさました私は、妙に頭がすっきりして、体力に充ち充ちていた。宿酔の不愉快さなど、どこにもなかった。張りきって事務所に出かけた私は「もっと元気よく、ますます働いてやるぞ」と決心していた。

翻訳室では、夏女士が、日本語と北京語で、さかんにしゃべりまくっていた。「夏小姐《オウシヨオチヤア》」と阿媽や給仕女にはよばれていたが、少女やお嬢さんの年齢を、はるかに超えた年増の婦人だった。東京にも長いこと住んだ経験があって、彼女の日本語はなめらかだった。彼女は、自分が西洋婦人に似ていると自慢していた。日本の男たち、とくにO博士の目に、自分がなまめかしい女性として写っているにちがいないと信じていた。

「O先生は、ほんとうにおやさしくて、口のきき方も女のようね」と、彼女は意見をのべた。

「中国の女性には、とりわけ、おやさしいようね。上海には、もう長いこといらっしゃるから、何でも知っていらっしゃるのよ。先生にお頼みすれば、どんな就職口でも探して下さるわ。お頼みしなくてもみつけて下さるのよ。私は、お金持の日本人を紹介され、北京語を週二回教えることになっているの。私、ほんとは気がすすまないのだけど。でも先生に申し渡されては仕方がないわ。それに、相手が紳士らしい方だから」と、あたりを素早く見まわした。そして、小声で私だけに「O博士は、どこかのビルディングかホテルに、自分だけの個室をお持ちになっているのよ。知っていらっしゃる?」と、ささやいた。

「昨日、張君が、おかしなこと、あなたに言ったでしょう。ブタとか何とか。気にしないでいいよ。あれはね。あなたがほかの中国人のいる前で、張さんの翻訳の間違いを指摘したからよ。中国人を叱るには、一人だけのときを選んで叱らなくちゃダメよ」と、忠告した。それから私の顔をまじまじとみつめて「あなたは複雑な人ね。私、知ってます」と、考え深げに言った。

「経理のYさんはね。簡単な人よ。ウン、みんないい人ですよ。だけど、あなたは、どうも簡単な人じゃありませんよ」と口をつぐみ、急に年をとったように顔つきを一変した夏女士は、力なく淋しそうにみえ、眼の下には白粉の下から小じわが微かに浮びあがっているのだった。

ともかく私は働かねばならなかった。働いているのか、怠けているのか、自分でも判断がつきかねるにせよ働かねばならない。出来得る限り、上海の中国人たちと付き合い、彼らの心理の奥底に触れなければならないのだ。

協会には、福建出身の僧侶もつとめていた。「この人は、支那のお坊さんです。仏教のことは、この人に聞けば何でも知ってるよ」と、理事長はいたずらっぽい笑いを浮べながら、私に紹介した。

漢とよぶ、その中国僧は、私が困っていると、何でも相談にのってくれた。外務省の役人から紙の使用量を問いつめられたとき、すぐさま、紙の上に細かい数字を書いて、四六判何百部なら土管のように太く巻いた新聞用紙の何分の一が必要であるか、端数にいたるまで、くわしく計算してくれた。上海到着の日に、道のわからない私を方々案内してくれた、あの知恩院別院の老僧とも顔見知りだった。東京の本山から偉い僧侶が訪中して別院につくと、必ず出迎えに赴いて、万事手筈を整えるのも、漢さんの役目だった。

気難しい大僧正が、大蔵経の○部の何経の第何巻を読まないと気がすまなくなると、法話の時間に間に合わせて、手抜かりなく探しだして送り届けるのも、朝飯前だった。

「あなた、上海の精進料理を食べたことありますか。まだない？」と、ある日、彼は私にたずねた。何の話だろうと、とまどっている私に、彼は「もしなかったら、いいとこ知ってます。ぼくの友だちが住職をしているお寺があるから、そこへ行けば、ほんものの精進料理が食べられます。とても、おいしいよ」と言ってきかせた。そして、いそいそと席を立って、どこかへ電話をかけに行く。戻ってくると、嬉しそうに笑いながら「それじゃ、明日の午後ね」と、私に約束させた。

私は、彼に連れられて、街なかの中国寺院に赴いた。それは普通の支那家屋で、何の奇もない灰色のレンガで囲まれた建物だった。

しかし、そこでは私の見たことのない上海式の葬儀がはじまっていた。それは、おそろしく賑やかなものだった。白衣の喪服をまとった遺族たちが、門前に整列していた。泣き女らしい中年婦人が一人、列の中ほどで大声で泣きわめいていた。彼女は遺族たちに雇われて、みんなの悲しみを代表する役目なので、ひときわ声を張りあげて、泣きつづけに泣いていなければならなかった。鉦《かね》や銅鑼《どら》がけたたましく打ち鳴らされ、その上、ラッパまで吹き鳴らされた。仏前のお燈明は、ろうそくではなくて、ネオンサインがつけられている。

そんな光景をみせつけられて、私は魯迅の雑文の一つ、和尚の肉食妻帯を攻撃した文章を思いだした。

「和尚の子供は、小和尚だ。和尚が死ねば、小和尚は和尚となる。また、その和尚は小和尚を生む」と、魯迅は嫌悪の念をもって書いていた。私は住職の住んでいる奥の一間に、漢和尚と共に招じ入れられた。そこは静かな部屋であった。門前の騒ぎは、そこまでは聞えない。しばらくすると、次から次へと豪勢な料理の皿が運びこまれた。焼き豚もあった。鯉の丸揚げもあった。それらの味は、あくまで鯉の味であり、豚肉の味である。しかし、それらの料理は、植物油、メリケン粉、その他の精進の材料で固めてあって、外見はどうみても魚であり肉であるように、形も色も工夫してこしらえてあるのであった。それだのに、味までが肉や魚にそっくりであるのは、いかなる秘法によるものであろうか。

「これぐらいなら、最初から当り前の中華料理を出せばよいのに」と、私は思った。

漢さんは「気に入りましたか」とたずね、自分でも感心したように、ときどき首をふりながら箸をのばす。

「これ、ほんものの精進料理ですよ。あなた、わかる?」と面白そうに言い、私は「ほんものにそっくりの偽ものでしょ。偽ものだけど、ほんものの味がしているんでしょ。色つけといい、つやといい、肉も魚も、どうみても、ほんものと間違えますね。だけど、ほんものの腥ものではないから、やっぱり精進料理なんでしょ」と、自分の困惑をうまく説明するのに骨を折った。

私は、金持の喪主のついた中国の寺院で、日本人なのに、そのお裾分けにあずかっているのだった。喪主の方は御存知ないのだから、盗み食いしているようなものだった。だから、この料理に対する私の困惑は、いわくいい難い、複雑なものとなるのであった。

しかし、おいしいものはおいしいと感ぜざるを得なかった。それに私に食べさせたがった漢さんの好意は、ほんものだった。

偽ものの客である私を、住職はていねいに送りだした。

日本にも、仏教学の知識がまるでゼロで、寺院経営だけうまい住職がいた。学識徳行はすぐれていても、経営となると、からきし下手な僧侶もいた。漢さんはどちらだろう、と私は考えた。あの住職は、漢さんに頭が上らない様子だった。学識は彼の方が明らかに上なのだ。だが、頭の回転が速くて、利用できるものは利用する世俗の知恵においては、漢さんの方がたちまさっていた。

「いま、日本では批評家なら誰かな。Qさんかな。作家なら誰だろう。君ら、若い人に人気のある人は？」と、理事長は私をよんでたずねた。彼は、文化関係の仕事をしているだけあって、文壇には興味を抱いていた。

「そうですね。作家なら太宰治か、北原武夫でしょう。まあ、評論家ならQさんか、河上さんかな」と、私は答えた。それから「阿部知二さんは、まあ、自由主義作家というところかな。知性派ではあるけれど『北京』なんか中国ものを書いているし、『冬の宿』ばかりではないらしいし。来てるんでしょう？　阿部さんは」と、あまり気のりせずに、私は言った。左翼に関係のある人は、勿論、名をあげなかった。左翼も右翼もなくなって、文士も総動員されている最中に、選り好みをしたってどうなるものでもなかった。第一、彼ら文学者だって、上海へ来るのは、本場の中華料理を食べたいのが本心であろう。いずれにしても、接待役は私とE君にきまっている。Q氏は火野葦平が芥川賞を受賞したとき、杭州に駐屯していた火野氏のもとを訪ね、賞を手渡した人であった。

気前のいい理事長は、金の算段さえつけば、できるだけ日本の文士諸君を御馳走したがっていた。協会の予算は日に日に切りつめなければならなかったから、彼の親切心は、めったに実現することはなかったけれど。

何か、特別の入金でもあったのか、彼は上衣のポケットから札束をとりだして「これで今夜の御馳走をまかなってくれよ。君に任せる」と、命令した。Q氏の注文で、通のよく行くM楼が接待の場所ときめられた。何を注文してよいのか、私は知らなかった。

M楼の会場には、中国人の客たちが、何やら叫んだり食べたりして、活気が溢れていた。二階から見下せる階下にも、金のある上海市民がつめかけていて、拳をやる掛け声がかしましかった。注文の品名を炊事場のコックに告げ知らせるボーイさんの声、どっと湧きあがる笑い声、たち昇ってくる人々の熱気と料理の湯気、どこにも戦争が行なわれているという気配はなかった。

「まず、甲魚《チャユイ》にするか」と、Q氏が歯切れよく言った。私は甲魚が何ものであるか、食べたことも、名を聞いたこともなかったので、とまどっていた。

「チャユイを知らないの。上海へ来てチャユイも食べたことがないのかい。駄目だなあ。東方文化協会のやつは。そんなことで、日中文化交流がきいて呆れる。スッポンだよ。スッポンが名物なんだよ。この店は」と、接待側を批判するように言った。

「生きた小海老を食べさせるんだよ。酢醤油につけて、生まま口の中に放りこむんだ。浙江料理のM楼といえば、川魚料理にきまってるじゃねえか。銀色をしたすすきを色つけしないで蒸したやつもいいな。揚子江の魚はな。流れがつよいから小骨が多いんだぞ。それを煮たり炒めたりして、年よりでも食えるように料理するのが板前の腕さ」と、ますます勢いづいて、Q氏は私たちを圧倒した。

E君は、最初から日本の有名な文士に対する反感を剝きだしにしていた。極上の紹興酒が運ばれてくる。E君は無言で杯を口に運んでいた。酒のつよい彼は、一向に酔わないので、なおのこと不機嫌になっていた。一方、Q氏の酔い方は早かった。あたりの雰囲気は、寺院で精進料理を食べたときとは、まるでちがっていた。

私は、火野葦平を訪ねたときのQ氏の紀行文を読んでいた。それは戦時下にもかかわらず、妙な昂奮が少しもない、きわめて冷静なものだった。それ故、花火のようにポンポンと打ちあげられている、この批評家の弁舌にも、まったく反感は湧かなかった。座が白けるのを怖れて、私は理事長の表情をうかがった。彼は、すっかり満足しているらしく、愉快そうに笑い声をたてた。

「太宰治ですね。太宰の文学はのこるでしょうか」と、話題をひきだすために、Q氏にたずねた。

「うん、のこるよ」と、Q氏は、すぐさま答えた。E君は「こいつ聞きたくもないことを聞きやがって」と言いたげに、口をゆがめていた。E君と太宰は、同じ高校の出身者だった。おまけに二人とも左翼くずれだった。E君の作風は重厚で、太宰の軽妙な作風とは対立するものだった。その彼の心理もおかまいなしに、私は「それを聞いて安心しました」と、言わずもがなの言葉をつづけた。

「あんたじゃないの。司馬ナントカというのを書いた人はさ。司馬温公だったか、司馬遷だったか、俺は専門じゃないからわからねえ」と、Q氏は機嫌よさそうに言った。酒に酔うと若い者をおもちゃにするというQ氏の癖も、私は心得ていた。むしろ、気持のいい江戸っ子風の語り口に、自分までが酔っぱらいそうになっていた。

「彼の書いたのは、司馬遷です。温公とはまるで人がちがう。いくら専門家じゃないからといって、温公と司馬遷と見境がつかないのはおかしいな」と、E君は口をきった。「どうせ、まわる部屋なんだ。いまは一休みして、まわっていないけれども、上海全体がまわっているんだ」と、私は胸のうちでつぶやいた。日本人は上海を征服した。そのつもりでいる。でも、上海がまわっているのは、日本人の力じゃないんだ。まして日本の文学者の力ではないんだ。日本の文学者同士が仲よくしようが、けんかしようが、まわるものはまわりつづけるんだ。誰だって、それを止めることは出来はしない。俺は、E君が好きだ。Q氏も好きだ。理事長だってYさんだって好きなんだ。だが、好き嫌いとは関係なく、運命というやつが、だんだんと近寄ってきているんだ。

E君とQ氏が同時に立ち上って、何やら言い争った。私は階段を下りて、御馳走の支払いを済ませた。私が札束の残りを理事長に渡すと、彼は「そう、それで間に合ったの」と、私をねぎらった。階下の中国商人たちの喧噪は高まるばかりだった。きれいな支那服の女たちも、男たちの間にまじって、口のきける金魚のように、はしゃぎはじめた。「おい、司馬温公くん。待てよ」と、Q氏の呼ぶ声が聞えた。

必ずしも、博士宅へ戻って寝泊りをしなければならない義理はなかったので、酔っぱらえば、ほかのどんな場所でも、私は外泊した。理事長宅にも泊り、林小姐の両親の住む家の床にも寝て、夜を過した。私は、自分では、どこの家でも歓迎されていると思っていた。

私の酔いっぷりが一風変っているといって、どこの家庭でも面白がられた。酔うと、私は必ず高い所へ登りたがった。椅子からテーブルへ、さらに戸棚の上にも登って、大きな声でしゃべった。

「高い所へ登る人は出世しますよ」と、林小姐のお父さんは言った。画家である彼は、戦時下でも個展をひらいていた。その個展の手助けをしたのはE君だったので、E君は私よりも先に、画家の家族とは親しくなっていた。彼に連れられて、自分の意志ではなくて、その家を訪れた私は、できるだけ愉快そうにして、みんなを楽しませようと心掛けた。E君は、そんな私を、おだてたり、からかったりした。

「戦地ではね、みんな兵士は銃を持っています。銃はいつでも発射することができる。こうやって身構える。弾丸が出て、そして何かに命中する」と、中国人の家庭にふさわしからぬ話題を、私はしゃべった。

家族は、なるべく、自分たちの表情を変えないようにしていた。林小姐や、その母親が、そんな話題を好まないことは、わかっていた。しかし、彼女たちは、聞きたくないという素振りをみせなかった。

民間人である私が、三八式歩兵銃を二度と持つことはあるはずがなかった。しかし、たしかに両手にそれを握って身構えたことはあった。銃を構える姿勢を、わざわざやってみせているうちに、歩兵銃の重味が、私の掌のうちによみがえってきた。

「銃を撃つということは、要するに指を引金にかけて、こうやって引きしめることなのですからね。それは、ほんの一寸した動作にすぎないんです。責任があるかないか、その兵士にだってわかりゃしない。しかし、彼は発射する。発射しつづける。戦争はつづいている」と、私はしゃべりつづけた。

「それで?」と、E君は興味深げにたずねる。「ズドン!」と、頃合いを見計らって、私は発射音の真似をする。眼をつぶり、床の上に転がってみせる。私のほかの誰もが、日中両軍の間に戦われている、血腥い戦場を踏んだことはない。上海は、まだ安全地帯だった。そこでは、一発の弾丸も、当分は飛来しないはずだった。爆撃も、まだうけてはいない。それぱかりではない。上海には、あらゆる食糧が集められている。貯えられている。上海を一歩出れば、周辺には、がらりとちがって厳しい食糧不足の地帯が、はてしもなくひろがっていた。だから、上海人は上海にとどまっているのだ。上海の日本人を嫌悪していても、その憎たらしい日本人とともに住みつづけているのだ。

上海人の本当の不幸は、全中国人の陥っている悲惨な状態から、自分たちだけが離れていられるという点にあるのだ。

私は、高い所へ登って、そこから、さらに高い所へとび移った。

画家は、私が出世する、と面白がって保証する。そんなことを信じられるわけがないではないか。でも、画家の家族たちは笑い興じている。画家の夫人は、いかにも日本婦人らしい笑顔で、私とE君の様子を眺めている。彼女の夫は、東京で彼女を見染めたのだ。彼女の、肉付きのいい肉体が、単なるモデル女ではなくて、妻にふさわしいと、彼を信じこませたのだ。背の低い彼女は、いまでも、肉付きはよすぎるほどよかった。色つやも申し分がなかった。彼女にとっては、日本人の客を迎えることが、何より嬉しいのだった。それが、無能な夫の与えてくれるわずかな経済力の、少しでも足しになることをねがっているからだった。

上海在住の日本人画家たちの収入は、たいしたものであった。墨の濃淡を器用に使う日本画家も、油絵専門の画家もそうだった。

街頭には、米英の軍艦を轟沈する日本の戦闘機の勇しい奮戦ぶりが、大きく描かれて掲げられてあった。それは、西洋中世のテンペラ画風に、色彩の鮮明なものではあったが、筆の勢いにまかせて、いそいで仕上げた、乱暴な画面だった。日光の明るい夏の盛りから秋のはじめにかけて、その宣伝画は、とりわけ毒々しくみえた。しかし、それを描いた画家は、喫茶店でも料理屋でも、小切手にサインして支払いを済ませていた。

和服姿の書道家もあらわれた。東京の本店の重役たちの紹介状をもらい、彼は北京や上海の支店を渡り歩いていた。支店や出張所の職員たちは、東京の覚えがわるくなっては困るので、彼の書を買った。

博士宅では、風呂を沸かさなかった。一ヵ月に三回ほど同文書院大学の浴室に、私は博士一家とともに赴いた。中国側の交通大学が、そっくり接収されて、校名を日本風に改めているのだった。雨天体操場のように広い浴室には、東亜同文書院大学の職員たちが、ゆっくりとつかっていた。高校の同級生のG君とも顔を合わせるときがあった。校庭の樹木の間を縫って、石だたみの道を、私たちは散歩した。

「これは、あんたに話しておいた方がいいと思うけれども」と、彼は私に言った。「あんたは大学の職員じゃないだろう。O博士のうちに住んでいるからといって、Oさんの家族でもないだろう。だから、大学の職員の中には、君がここの風呂を使うのに反対のものがいてね」と、言いにくそうに告げる彼の顔を、私は思わず見た。国際都市などと称しても、日本人は日本人だけの小さな社会を作っている。うっかりそれを忘れていたのだ、と気がついた。私は入浴しなくても一向に構わなかった。E君などは、上海へ来てから一回も入浴したことがない。水に濡らしたタオルで体を拭くだけで済ませていた。

それでも、銭湯に似た大学の浴室からの帰り道は、夕闇が校庭の植込みや街路樹の奥に迫っていて、博士の家族たちと散歩しているのが楽しかった。そんな或る日、私と二人で、後の方から歩いていたG君は、私に語った。特別の相談があるらしく、きちょうめんな彼の性格をむきだしにしていた。

「論文を一つ書かなければいけないんだ。君は中国文学が専門だったね。俺は高校時代から文学の方は、からきし駄目だったから。だけど中国現代文学史に関して、一つまとめたいと思っているもんで」

「それはどういう?」と、私はたずねた。

「中国文学史なら鄭振鐸《ていしんたく》の五冊本があるよ。現代文学史というと、あんまりいいものがないけれど、雑なものでよければ、多分、大学の図書館にも揃っているだろう。上海の大学のことだから、雑誌や作品集だって、いくらでも参考文献は買い求めてあるはずだよ。君は現代作家の作品も読んでいるんだろう。誰の作品が好きとか、心当りはきまっているの?」「いや」と、彼は答えた。「作品なんか、いちいち読んでいる暇はないんだ。したがって、誰が好きというほどのものではないよ」

「作品や作家に好き嫌いはなくて、ただ現代文学史をテーマにしたいんだね」と、私は驚いた。しかし、それが、いかにもG君らしいと考えた。

「張資平とかいう人のものは、読んだ記憶があるけれども」

「張資平だって? 彼だったら、いま、この上海にいるよ。東方文化協会の事務所にもやってきたよ。会いたければ会うこともできるだろう」

「いや別に会いたくはないんだ」

「彼は、東大の地質学科の卒業生だよ。だから『沖積期化石』という作品もある。中国の菊池寛とかいわれて、だいぶ騒がれたこともあるんだ。三角、四角……十二角恋愛の作家として書きまくったがね。菊池寛よりは、はるかに劣るよ。たしか広東省の生れだ。そうだ。創造社の同人たちには、自然科学関係の出身者が多いんだ。郭さんは医学だし。そうだ。論文のテーマとしては『中国における自然科学と文学の関係』なんか、面白いんじゃないかな」と、私はすすめてみた。そして、事務所に飄々とあらわれる衛生学専攻のT氏の長身の姿を思い出していた。

「ぼくは、国史科の出身だからね。だけど、上海で国史の論文を書くのもまずいと思って。文学に転向しようと考えたんだが。論文が書きあがったら、君が一回眼を通してくれないかね」

「いいよ。同級生のためなら、そんなことはわけない」と答えた私は、たんなるきちょうめんな国史学者では通用しなくなったG君の立場の難しさを感じとった。それにしても、いきなり作品ぬきの文学史を書こうとするG君の切羽つまった心境を可哀そうに思わずにはいられなかった。文学なんて、そんな簡単なものであるはずがないんだ。それだからこそ、中国の文学者も日本の文学者も苦しんでいるではないか。

不思議なことに、G君の非常識な発言が、かえって私の胸中に、政治経済を超えて存在する文学の有難さを、つきあげるようによみがえらせた。

E君は、ときたま、O博士邸における私の暮しぶりを観察にやってきた。文学好きの日本女性と同道して、あたりかまわぬおしゃべりで、規則正しい博士宅の空気を乱して帰ることもあった。上海ずれした大柄の彼女は、乳房のあたりが豊かにふくれ上って、女丸出しの生臭さを漂わせていた。

上海市は、そのような正体不明の日本女性が沢山いる。彼女たちは、新聞社やホテル、銀行や会社など、さまざまな機関に勤めていた。それは名目だけで、男たちの間を巧みに泳いだり、誰か一人と急に仲よくなったら、また知らぬまに離れていったりした。彼女たちの多くは、文化人好きだった。或る者は油絵をたしなんだりして、画家好きであり、或る者は、日本から到着する作家たちにまとわりついて、笑ったり泣いたりした。E君の連れてきた彼女は、いまのところ、新進作家E君の文学精神を吸収しようとして、努力しているらしかった。日本人女を馬鹿にしているE君の傍らにいるので、彼女は、なおのこと、反抗的にはしゃぐのだった。博士も、彼らの文学話に仲間入りした。

「芥川龍之介に『秋』という短い作品がありますがね。あれはいいですよ。ぴしっとまとまってて、一字の無駄もないんだ。さすがは芥川だと思いますね」と、学者らしい意見をのべた。

その作品を読んでいないらしい彼女は「芥川なんて古いわ。Eさんは、もっと新しい流派の旗手なんでしょ。最近、Eさんの出した『精神病学教室』という本、Oさんはお読みになりましたか」と、E君の気分をひきたてるように言った。

「いいえ、まだ読んでおりませんが。ずいぶん新しい傾向の作家が日本でも出てきているようですが、私は少しも読んでおりません」と、きまじめに答えた。

新しい来客の人物を調べるため、博士夫人も食堂に入ってくる。夫人は難しい話の仲間入りはせず、ひそかに気づかれぬように、みんなのまわりを歩きながら、お茶や菓子を配った。私は、博士夫人と、この連中が、気が合わないことを、よく知っていた。夫人は、つねづね「事務所へ行ってみて、私、驚きましたわ。みなさん、どんな暮しぶりをしていなさるのか、さっぱりわかりません。作家とか、バレエダンサーとか、劇団のマネージャーとか、ああいう人が、それは、めいめいのお仕事を持っていらっしゃることはわかりますけれど、夜も昼もなしに、だらしなく遊んでばかりいなさるようで」と、憤懣やる方ない様子で、私に語った。

大学の学者たちのほかに、知り合いの少ない学者夫人としては、当然のことであった。東方文化協会の理事になってからの博士が、急に賑やかな世界にひき入れられたことが、不安なのにちがいない。

鼻すじのとおった日本式美女でもある彼女が、E君の連れてきた女などを眼中に置いていないことは、わかりきっていた。夫人の方が、上海生活の体験は長かったし、主婦としての自信も、はるかに安定しているにちがいなかった。

「私、Oには知らせてありませんけど、Eさんの『精神病学教室』を読みましたわ。実験用の脳を切り刻んでいるうちに、研究者が発狂してゆくお話でしたね。ああいうの、どうも、私、気持わるくて」と、夫人は、いきなり斬りつけるように言いはじめた。「ああいうのが、もし、文学だったら、私は理解に苦しみますわ。古くさいかもしれないけれど、Oの言うように芥川の『秋』は、私どもが読んでも、すぐに納得できますけど」と、夫をたすけるように言った。

「やあ。これは、これは。奥さん、すみません。いや、ぼくだって芥川の価値は認めてます」と、E君はあわてて言った。

「ぼくらだって、何も無視して新しがっているわけじゃありませんよ。自分で満足してもいませんよ。ただ、どうしても、ひとりでにそうなっていくもんですからね。あんまり、ほかの作家が書きたがらない、しち面倒臭い不愉快な話でも、ただ、それを放って置くわけにはいかないものですから。この人がいけないんだよ。よく知りもしないくせに、文学の話なんかもちだすから」と、寄り添って上気している日本女の肩を軽く突いた。彼女は、客としての自分の心構えを忘れ果てたように、なおも肉づきのいい体をゆするようにして、鼻声で言った。

「Eさんがいけないのよ。私、来たくないといったのに、無理に連れてくるんだもの。どうせ、私たちは、Oさんや奥様には叱られるにきまっているでしょ。でも、私は文学の話がしたかったのよ」

自分より、はるかに年下のイキのいい男女を相手にするのが好きな博士は、夫人の気持などはおかまいなしに「いや、面白いよ。ぼくは君たちと話していると、いろいろ新しいことがわかってくるようで面白いんだ」

頭の毛の薄くなっているO氏は、ていねいに横なでした髪を気にして、ときどき指の先で触っていた。お洒落には自信があるらしく、E君のだらしない服装を見ないようにしながら「藤野さんは中国人に人気があるんじゃあありませんか。あんたみたいなタイプの女性は、中国の婦人には珍しいからね」と言うのも、まんざらお世辞ばかりではなさそうだった。私は必要もないのに階段を上り下りして、スリッパの足を滑らせた。日本女性の相手をするのは苦手だったし、とりわけ、藤野とよばれる女性には関心がなかった。

「あら、危ない。私たちにサービスしようとなさって、気を遣うことはないのに」と、彼女はからかうように言った。

E君は、その場の空気のなまぬるさに我慢ならなくなったのか、急に「中国人の高度リアリズム」について、博士に質問した。

「それはね。中国人の現実主義的な生き方を、われわれは、よくみせつけられていて、簡単にいやがったり、軽蔑したりするだろ。生きるためには、彼らは低い現実主義に執着しているようにみえる。だが、彼らに理想がないというのは間違っている。日本人みたいに宙に浮いた理想を追うような馬鹿な真似はしないだけなんだ。なが年付き合っていると、彼らのよさがだんだんわかってくる。現実現実と、日常生活を大切にする知恵は、すでに孔子以前から伝わっていて、はたからとやかく言われたって微動もしないんだ。だが、孔丘、孔夫子は理想主義者ではなかったか。そうやって練りに練った彼らの現実主義は、おそろしく高度なものに成長していて、生半可な理想主義をうち砕いてしまう。イギリス人もフランス人もドイツ人も。彼らの現実主義によって、うち破られた。そしてロシア人も……。表面だけみれば、彼らの抵抗は、ひどく打算的、妥協的、何もしないで頭を下げているだけのように思われる。軍閥が出れば軍閥に、ほかの軍隊がくれば、またそれに、黙って服従しているようだがね。彼らの高度現実主義は、決して負けることはない。彼らはヤケにならない。冷静さを失わない。味方してくれるものなら、理屈抜きで味方にする。彼らの中華主義は、つまるところ、世界主義なんだ。日本人の国粋主義は世界主義じゃない。国粋主義にも、なるほど、美しい点はあるよ。高山彦九郎の涙に感激したりするのは、決して醜いことではない。だけど、涙だけでは、どうしようもないという、彼らの現実主義が醜いだろうか」

「私、上海へ来てから、そんな偉い中国人におめにかかったことないわ」と、博士の議論を上の空で聞いていた藤野は、E君の方をふりむきながら言った。「当り前さ。君と付き合ってくれる中国人なんて、ロクな奴はいないよ」「あら、私ばかりじゃありゃしない。Eさんと付き合ってる中国人はどうなのよ」「そうかあ。そうだったな。君のことを言えた義理じゃないな」「そうれ、ごらんなさい。私たちは、みんな同類なのよ」「男と女では、ちいっとばかし、ちがうがね」と、二人は、互いの匂いを嗅ぎ合うようにして、からかい合った。

「武田さんは?」「彼は中国文学が専門だからねえ。どうしたって、彼らを好きにならなくちゃいられないんだ」「それじゃあ、好きでなくても、好きなふりをしているというわけね」

「……そうさなあ。ぼくは知り合いの中国人を、一度だって、ぼくとちがった人間だと考えたことはないからねえ」と、私は答えた。

「そんなの、ずるいわ。はっきり言いなさいよ」と、彼女は面白がって、なおも言った。

「それより、さっきの博士の高度現実主義だけどねえ。藤野さんなんか、中国人でもないくせに、いつのまにか、高度現実主義になりつつあるんじゃないのかな」

「そうだ。そうだ。現実主義も低い方のヤツにかぶれてるんだ」と、E君は私に加勢した。

「あら、私のこと、何か御存知なの？　何も知らないくせに」と、彼女は、やや不安気に言った。その彼女の横顔には、多数の日中両国人の間をかき分けて、女一人で泳ぎぬかねばならない疲れと意気ごみのようなものが澱んでいた。階上では、男の子を叱りつける夫人の声がしていた。

　E君と藤野は、あまり好ましくない印象を博士邸に残して立ち去った。E君の評判は、ことに夫人にはわるかった。「何でしょう。うちの主人を馬鹿にしくさって。Oがおとなしくしているからいけないんだわ。あなたは真面目に働いていなさるからいいけれど。それに、文士でもないし、それほど文学好きともみうけられないから安心ですけど。ただ一つだけ、あなたがいけなかったのは、女のお客さんが来たので、あんまり緊張しすぎて、階段で足を滑らしたことよ。ウブなところは感心しましたが。あんまり上海の日本女なんかに好かれようとしない方がいいわよ。隠していたって好かれたがっていることは、丸見えだったからね」と、批判と注意と警告をとりまぜて繰り返した。

夫人は、私には親切で、弟の面倒をみる姉のように気を配ってくれた。下痢のため、パンツを汚して「実は……」と差しだすと「また、ヘンなもの食べたんでしょ。外では買い食いするなと、あれだけやかましく言っといたのに。いいわ。どうせ、王媽《ワンマア》に洗わせるから」と、私を恥ずかしがらせないように、気軽に受けとった。私は、外出から戻ると、博士の言いつけ通り、シャボンをよく手に塗って、ブラシでこすらなければならなかった。或る夜、博士の留守中に、彼女は思いつめた表情で、私に打ち明け話をした。

「私、女学校を出てないのよ。Oはね。私がデパートの売り子をしているとき、私のこと好きになってね。イトコ同士なのに結婚したいと言ってきかないから。女学校に行っていないこと、いつも気にしているの。そのこと、あなたわかった?」

「いいえ、そんなこと。まったくわかりませんよ。ほかの女の人より、ずっとインテリらしくみえますよ。どうして、わざわざ、そんなことを言うのかなあ」と、正直に私は意見をのべた。

「そんなら、いいけど」と、彼女は急に明るい表情に戻って、また、いそがしく働きはじめた。

うら口

王媽《ワンマア》に正式の「夫」があることは、公然の秘密になっている。子供がある以上、夫らしきものがあるのに不思議はない。だが私は、ひどく目立たない小柄の男が、王媽の相手であることに、ながいあいだ気がつかなかった。ガレージの上の彼女の部屋に、ときたま彼は現われる。だが、夫婦で談笑するどころか、声らしい声一つたてない。居ても居なくても同じ存在なのだ。ひっそりと来て、音もなく去る彼は、不在の間は影のように消え失せて、どこで何をしているのか、妻との関係がどうなっているのか、一切は不明だった。王媽が夫を話題にすることは一回もなかった。

夫人の話によれば、上海に流れつく前は、王一家は、どこか華北の村か町に住みついていたのだ。それも、王媽が上海語ではなくて、北京語らしき言葉をしゃべることに、いくらか偲ばれる程度だった。戸籍のない中国では、いったん上海のような大都会に紛れこめば、身許を調べること自体、不可能である。

経理係のYさんの下で、事務所に勤める給仕女は「何が北京人なもんか。どうせ田舎者さ」と、早口の上海語で批評をする。私にも聞きとれる北方語を、ゆっくりとしゃべり、動作ものんびりしている王媽は、上海ずれしていないことは明らかだった。めはしの利く給仕女が馬鹿にするのは、ほかに理由があった。事務所の昼食のさい、大股をひろげて腰かけたYさんは、必ず「楊枝！」とどなる。楊枝は上海語では「ガチ」という。毎回、Yさんが「ガチ！」と叫び、王嫣がそれを差しだす。乱杭歯の口に楊枝をつっこんで、Yさんは「また忘れやがって」と言いたげに苦笑する。そんな有様を給仕女は鋭い眼で眺めやって、笑いにならない笑いで口許を歪める。ほんの小娘のようにみえる彼女は、いっぱしのしたたか者であるのかもしれなかった。二人の女が寵を争っている、そう気づいて私はおかしくなる。Yさんを彼女たちが尊敬するのは、彼の容貌のためではない。或る日、彼女たちの話声が私に聞えた。「顔はいいわよ。だけど、顔がいいだけじゃ、どうしようもないわ」と、私を品評しているらしい口振りだった。Yさんよりいい男だといわれても、私は嬉しくない。上海にいる間は、私は男性ではないのだ。男でもないのに、女の批評を気にしてどうなるというのだ。

上海語の女先生は、事務所に現われなくなる。私が断ったのではない。しばらく姿をみせないので、彼女が自発的に辞めたのかと思い、次の女先生を頼むことにする。翻訳係の青年周君に話すと、すぐにみつけてくれた。周君は朴君とはちがい、活気をむきだしにしない、平凡な学生風の男だった。「これは、ぼくの恋人です」と、紹介した女先生も、彼同様に服装も質素で、学生風の女性だった。

新しい女先生は、前の先生より、教え方がうまかった。私が上海語の講義を、あまり熱心にではなくうけていると、前の女先生が事務所に入ってきた。今まで見たこともない黒い支那服で現われた彼女は、新任の女性が、すでに彼女の職を奪ったのに気づいて、白い顔色を変えて棒立ちになっていた。二人の女性は、共に具合がわるくなり、共に相手の気持を察して黙りこんだ。私もとまどった。彼女たちは互いにゆずり合って、二言三言、言葉を交わした。ドアの外へ出て行く、前の女先生の後姿が、実に淋しそうだった。「わざわざ、広東特産の油布《ユウブ》の服を着てきたのに」と、私は椅子から立ち上って、彼女に声を掛けてやろうとする。だが、できなかった。

E君も、新しい女先生には、まったく興味を示さない。E君とともに覗きにきていた帯中尉も、もはや講義の最中に顔を出さなくなった。

中尉は、大学で西洋哲学を学んだ男である。顔だけは軍人らしく陽焼けしていたが、文化人風な神経が、背広姿の動作のはしばしにあらわれていた。陸軍情報部に選びだされて、前線の軍務から上海の機関に移ってきたのだ。「ぼくは捜索や検挙には、まったく関係がないからね。どうでもいいんだが」と、くたびれたように、彼は私に告げる。「憲兵隊では、魯迅の未亡人や、抗日派の文学者を、捕えては釈放しているらしいがね。君は鄭振鐸という文学者を知っているかね」とたずねたが、職務熱心という素振りは、まったくなかった。

「それはね。絵図入りの大冊の中国文学史を書いた人でね。金に飽かして、やたら資料を沢山買いこんだ人ですよ。魯迅は、彼が掻き集めた絵画や文献を一と目みて、これは価値がある、これは駄目だ、と選り分けてやったという話です。彼が上海にいるんですか」と、私はたずね、彼はそれ以上質問しなかった。

　E君は私を誘って、帯中尉の秘密の部屋に入浴をしに行った。ビルの最上階に、彼は同僚と住んでいる。部外者は立入り禁止の部屋に、彼の留守の間に勝手に入りこんで、二人は高級ウイスキーを飲む。E君の顔見知りらしい中国人の召使が、鍵の音をさせてドアーを開ける。まめまめしく私たちの世話を焼いてくれる。小柄で色黒の彼は、王媽の夫にどことなく似ている。浴室の窓を開けると、はるか下方にある上海の街の風が吹きこんでくる。それにつれて、久しぶりに体を温めている私のまわりの湯気が、激しくつき上げられて渦巻いた。エレベーターで出入するその密室は、深海のように静かだった。「困るなあ。こいつら」と、中尉は表情を硬くして言い、やがて気楽な態度で酒の仲間入りをする。

　私のわからないことが、上海のどこかで発生している。上海の跑馬庁《パオマアテイン》競馬場の正確な位置すら、私は知らない。私の知り得ない現実の中に沈んで生活していることが、当り前なのか、不思議なのか。東京でも、私は町々のごく一部分しか知らずに暮していた。だが、上海へきてから、上海以外の土地、中国のいたるところに無数の人々がひしめいていることを、時々刻々感ずる。そればかりか、地球上の人類が、世界の各地で動きまわり、働き、休み、眠ったり起きたりしていることを、愛し合ったり、殺し合ったりしていることを、絶えず感じる。

　パイカルが瞬間的に私を開放する。いままで、よそよそしく離れていたものが、いっせいに私に密着する。いわば、裸のまま、外界に投げ出される。そして、私は無神経になる。映画「紅楼夢」が封切される。E君と連れだって、南京路の映画館に入る。私たちが一番前の席を占領する。中国人の家族が驚いて、私にむかって何やらしゃべる。そこは指定席なのだ。指定席なるものを知らない私は、切符をつきつけられても、半ば無意識状態で席を立とうとしない。中国人の客は諦めて、よその席へ移る。画面は大観園の庭。哀れな林黛玉が悲しげに泣き伏す。美少年の賈宝玉が彼女を慰める。清朝貴族の恵まれた生活が、華やかに繰りひろげられる。やがて揺り起されて、映画館の外部に出る。そこには、昭和十九年の上海人が、いそがしげに往来している。彼らが「紅楼夢」の社会とは別の場所で、喜劇か悲劇を演じていることは、私にもおぼろげながらわかる。

「お前さんはな。酔うと身の程知らずになるからいかんよ」と、E君が注意する。だが、私には中国人をおどかしたり、やたらに威張ったり、けんかしたりするつもりは、まったくないのだ。ときたま、通行人が私を避けて通る。中華料理店に入って料理を注文して、なかなかこないときには、もう一度、大声で催促する。すると、ボーイさんは「日本人は怖いぞ」と、ささやき合う。

演芸場にも酔ってから行く。何の演し物であろうと、かまったことではない。入場券を買う。いつのまにか二階へ上って舞台を眺めている。青い制服の男たちと藍衣の男たちが、客席から舞台へ、駈け上っては、また駈け下りている。青と藍は別々のグループで、その二つの隊は舞台を占領しようと争っているらしい。その両隊は役者ではなくて中国人の観客なのだ。争いは無言で続いている。テーブルを前にして坐っている私の傍らに、中国の女性が黙ったまま腰かけている。彼女が指先をくねらせて合図すると、ボーイがお茶を運んでくる。彼女はさかんにわかりにくい上海語でしゃべる。あげくのはてに、金を呉れと言う。私は、金は払う必要がないと言う。猛り狂った彼女は、大声を発して、私とまわりの中国の男たちに訴える。私は、いつまでも彼女の要求をききいれてやらない。中国人の男がきて、彼女をなだめる。「日本人は、何も知らないいんだよ」と、彼女に言いきかせる。私はまだ無表情で坐り続けている。中国人の男は「ここでは、そばに坐った女の人と話をしただけで金をとられるんですよ」と私に言いきかせる。するとまわりの中国人は、いっせいに笑いだす。

　巡警も日本人だとわかると、めったに文句は言わない。カムソムも要求しない。

「カムソムって、あなた知ってる？」と、博士が私に話した。「コミッションを上海語では、そう言うんです。ときによると、カムソムも便利なもんでね。それさえやれば、大体、まちがいなく済むんだ。結局、安上りなんだ」「それも、高度リアリズムですか」と、私はたずねる。博士は、あいまいにうなずいて、いくらか上海に馴れてきたかねと言いたげに、うすら笑いする。

「うちの女房はね。ぼくにサービスするだけで手一杯なんだ」と、或る日、突然、博士が言う。多分、セックスに関することだとは気がついたが、何故そんな話をするのか、私にはわからない。そんな話は東京でも聞いたことがない。私はまだ結婚していない。女と同棲したこともない。子供もありはしない。これは何か、博士の計略かなあ、と私は思う。博士夫妻は、いつも寝室のダブルベッドで寝ているらしい。そんな閨房の秘密など、想像することも私にはできない。私の禁欲生活に変りはない。ほかのことは毎日毎晩変化しても、それだけは変らないのだ。私が年より若く、むしろ子供じみた男として、みんなの眼にうつるのも、そのせいなのだ。いつか私も結婚するだろう。あるいは、永久に結婚など出来ないかもしれない。私には、どんなタイプの彼女か、思い浮べることもできない。中国の苦力《クーリー》のなかには、女体の味を知らないいま、一生を終える不幸な好漢たちもいる。いわば、苦しい労働が、強健な彼らの女房なのだ。

私は博士夫人を招待して、蘭心劇場へ連れて行く。ロシアバレエが観たいと、彼女が洩らしたからだ。庭のポプラが秋の風にそよぐ頃である。はやくから切符は手に入れていた。一番高い席を買った。おまけにロシア人の経営する菓子屋で、肉入り揚げパンも用意した。夫人は見馴れない支那服を着ている。服の横側から覗いている脚は、いかにも日本式女性のそれらしく、上海語の女先生のように、すらりとはしていなかった。

演し物は「コッペリヤ」だった。哀れな道化人形は、美しい人形コッペリヤに恋をしている。

糸に操られる人形の素振りを踊り手はする。白系ロシア人のバレリーナのタイツの片方に、小さな穴のあいているのが気になる。やがて、破局がくる。各国人、入りまじった管弦楽団は、悲壮にして哀愁あふれる曲をかき鳴らし、吹き流す。最後に舞台の上方から、大きな皮長靴が現われて、道化を蹴り倒す。白いふわふわした衣裳をつけたコッペリヤは、ひどく冷淡な印象を与える。幕が下りる。夫人は嘆息した。私は、揚げパンばかり食べていて、彼女に話しかけることもしなかった。「いかがでしたか」と、私はたずねる。「深い意味があるんでしょうね。だけど、コッペリヤは最後まで素っ気ないのね」と、彼女は言う。「白人の女は元気がいいですねえ。ことに舞台の下で観ていると、圧倒されるなあ」とか、私はちぐはぐな会話をする。実際、一番前で観ていると、白い肉体の匂いが漂ってくるようで、私は息苦しかったのだ。気がつくと、夫人のお化粧は見事にほどこされていて、いつもより、もっと鼻すじがとおっていた。三輪車《セリンツオ》を呼びとめる。屈強な車夫は、同乗する私たちをしばらく眺めている。幸福そうな日本人の夫婦か、恋人同士と思ったのかもしれない。彼は毛布をていねいに二人の膝に掛ける。そして、いい客に巡り合ったというように、元気よくペダルを踏んだ。車夫のふくらはぎの肉の盛り上りが、ぐりぐりと動くのに、私は見とれている。

「今日は、どうもありがとう」と、彼女は正面を向いたまま言う。「Oは毎日機嫌よく協会へ出かけて行くけど、事務所には顔を出していますか」「ええ。ときどき、ほかのところへも行っていらっしゃるようですけれど」と、私は年上の美女に答える。「あなた、セーターを持っていらっしゃらないようね。私ね。赤い絹を持っているから、それでチャンチャンコを作ってあげる。真綿を入れるとね、軽くて、とても温かいのよ。それを上衣の下に着ればいいわ」と、自分の思いつきを楽しむように彼女は言う。すれちがう三輪車も黄包車《ワンポーツ》もない。毛布の中で彼女の体の温かみは、私の下半身に伝わってくる。だが、不思議なことに、夫人に対しては性欲が湧き上ってこない。

理事長宅で、或る夜、E君がYさんに殴られた。かねがねYさんは、生意気な野郎めと、殴るチャンスを待っていたのだ。E君が殴り返す前に、素早く席を立ったYさんは、鉄製の灰皿を自分の手に握っていた。E君がそれを使うことを妨げるために、けんか馴れした彼は、そうしたらしい。怒りで小鬼のように真ッ赤になったE君は、Yさんに詰め寄る。酒に酔った私の眼前で、二人の男の顔が、現われたり、消えたりする。それが、どうしようもなく対立した男の真剣な表情のようにもみえ、同類がふざけ合っているようにもみえる。「Eの奴が藤野なんかを連れて協会へ顔を出すからいけないのだ。好きでもない女を、どうして連れ歩くんだろう」と、私は無理に判断しようとする。翌朝、誰よりも早く、私は眼をさます。三階建の邸内を上ったり下りたりして、E君の姿を探す。彼はソファーの上で丸くなって寝ている。私は、ことさら陽気に、彼の頭に手をかけて揺すぶり起した。それを嫌って彼は不機嫌に首をふった。

私にまで腹を立てているらしい。起き上りもせずに、髪を乱した彼は言う。「おれはＹみたいな奴は、どうしても好きになれないんだ。駄目なんだ、ああいう奴は」と、吐きだすように言う彼の表情は、実に暗かった。作家たる彼が、単純な人間論によりかかっているはずはなかった。同じ左翼くずれの男の心情を察していないはずもない。私は朝の光をうけた気持のいい食堂へ下りる。テーブルには面白い形をしたパンが、いかにもおいしそうに切られて皿に盛ってある。理事長の長男は、そのパン切れにバターを塗り、さらにその上からジャムを塗って食べている。私も真似をして、遠慮なく食べる。私があんまり夢中になって食べるのを眺めて、長男は笑いだす。私の滅多にありつけないパン食に馴れているせいか、彼の態度はおっとりと上品で投げやりである。

　十一月の中旬、大東亜文学者大会が南京で開催される予定だった。高見順氏も上海に到着する。白樺派の長老Ｎ氏が団長として、貴族的な風貌で現われる。「高見もいろいろいそがしくて、いまが一番難しいところだな」と、Ｎ氏は後輩の身上を気遣うように言う。高見氏の作品は「故旧忘れ得べき」「如何なる星の下に」など、転向者の苦しみを洗いざらい、反吐のようにぶちまけてあって、私は愛読している。氏はその頃「東橋新誌」を新聞に連載し「まだ沈まずや定遠は」を文芸雑誌に発表し、流行作家だった。その上、長身の好男子である。みずから好んで戦時下の人気作家になったわけではないので、多忙のうちにも恥ずかしそうな表情である。本心は出してはいない。出したら、たちまち追放されるからだ。

「君の『司馬遷』はね。右翼の親分も読んでいるぞ。君の年齢を教えてやったら、そんなに若い男か、と驚いていやがった」と、初対面の私に、人なつこい微笑を浮べながら話しかける。「昔の恋人に会ったよ。上海へきた甲斐があった」と、私に打ち明ける態度もこだわりがなくて、やっぱり文壇の人は、何となくいいなあ、と私は思う。

北からは満州国の作家、北京在住の中国文人、日本から参加する日本作家たちが、続々と南下してくる。和平派の南京政府の文化機関からも、使者がやってくる。汪兆銘は病が篤いという。事務所に挨拶にきた大衆演劇の作家は、カーキ色の国民服に、甲斐甲斐しくゲートルを巻いている。そして、戦時下でものんびりしている事務所の空気に呆れ返って、あらためて自分の戦時服を恥ずかしそうに見直している。「木乃伊《ミイラ》の口紅」を発表して、かつては男性読者を魅了した田村俊子さんも、しばしば事務所に現われる。西洋婦人のように骨格たくましい彼女は、背すじもしゃんとして、ハイヒールの靴音を高くたてる。そして私たちに湯団《タントアン》をおごってくれる。彼女は海軍が金を出している「女声」の編輯長だ。中国の女流作家関露をいつもお供に連れてくる。餡入りの白玉団子が三つばかり浮んだ湯団の容れものからは、温かい湯気がたち昇ってくる。田村氏は、食べているわれわれを満足そうに眺めやる。

O博士が私を呼んで相談した。

「大東亜文学者大会なんか、私は少しも興味がありませんよ。しかし、私のところへは招待がきました。老板《ロオベエ》のところにもきたらしい。内山老人は、もちろん出席するはずはないがね」「そうですね。魯迅の死ぬときも、葬儀の日にも立ち会った人ですからね。大会には鼻もひっかけるはずがありませんね」「それが、まずいことに小田先生《シヨウデイシイサン》のところへは招待がきていないんだ」と、気乗りはしないが、困った様子で、博士は言う。「私は南京へなんか行きたくもないでしょ。君がもし行ってくれれば、ぼくの代理をやってくれてもいいんだ。ただ、小田先生《シヨウデイシイサン》は文学のファンらしいんでね。自分が行けない大会には、協会の職員たるE君や君にも、行ってはいけないとごねてるらしいんだ。あの人も、そんなことに腹を立てるなんて大人気ないんだが」と、けだるいようにつぶやいた。私は南京の大会が、どのように計画され、準備され、どのような人々が運営しているのか、知らなかった。また、知る必要もない。「司馬遷」は、東洋思想叢書の一冊として依頼されたもので、歴史学者はともかく、日本の作家たちが読んでいるはずもない。E君だって読んでいる様子はない。私は、文壇外というより、文学外の人間としてとどまっている。それでいいのだ。小説を書ける人は羨ましいが、才能のない者は、小説を読んで楽しむだけで充分なのだ。「武田さんは、文学はやらないの」と、田村俊子さんが言った。同席していた藤野が「あら、彼はやろうとしているのよ」と、同情したように口添えしてくれた。私は、日本の作家たちに面会したり、世話をしたりするのは好きだ。彼らは、みんな単刀直入に、飾り気なく、私の心に入りこんでくれる。田村俊子の恋人だった窪川鶴次郎が上海へきたさい、案内役として蘇州へ同道したのも私だ。この、もと左翼の文芸評論家も、初対面の私を古い仲間のように頼りにして、文学者の純真さをすぐさまあらわした。彼は華中鉄道会社の嘱託として、どうしても、そこへ旅行しなければならないのだ。昔ながらの風情を漂わせる蘇州の街を、二人はゆっくりと散歩した。五重塔にも登った。灰色のレンガの外郭が少し崩れて、木組が危なっかしくのぞいている。白く乾いた埃まみれの木の階段を、彼は途中までしか登らなかった。「ぼくは高所恐怖症でね。高いところは、からきし駄目なんだ」と、彼は下で待っている。塔の最上階に登り、私は一人で、古来、幾多の文人墨客が訪れては詩情を湧かせた、水に囲まれた美しい街を眺め下す。寒山寺にも行った。有名な寺の門前は小便臭かった。窪川氏は、どこへ連れて行っても興味を示さなかった。かつて、プロレタリア文学の輝かしき理論的指導者の一人として活躍した彼が、中国中世の文芸趣味などに無関心なのは当然である。どのようにして彼が窪川稲子と別れたのか、その間の事情も私は知らない。二人の間に生まれた娘さんが、いま、父と母、そのどちらに属しているのかも知らない。しかし、正直な彼は、そんな私に「うちの娘がね、踊りをやっているんだ」と、自分の方から告げて、東京に残してきた娘さんの話を私にしたがる。左翼くずれである彼が、本心を打ち明けるとなったら、もう家庭のことしかない時勢になっていた。私は、いかにも案内人らしく、彼をいたわるようにして、一軒の小さな飯屋に入った。客の一人もいない店先で簡単な椅子に腰を下して、外を眺めながら、調理場の鉄鍋と鉄のしゃもじの触れ合う音を二人は聴いていた。うすぐもりの穏やかな陽の光の下で、運河沿いの道は、どこで戦争が行なわれているかというように、ひっそりしていた。水郷蘇州でとれた小蝦の料理が運ばれてくる。料理は素晴らしくおいしかった。街の雑踏の中では味わえない、田舎式、郷土色、ともかく土臭い味がした。めずらしく、ゆったりした気分で、二人は向い合っていた。彼は、佐多稲子の名も、田村俊子の名も、口にしない。青年時代や中年以後の女関係の話もしない。彼は、何かに耐えていて、静かに老年を迎えようとしているらしい。いままで飲んだことのない年代ものの紹興酒も運ばれてくる。「この人は、きっと女に愛されたにちがいない。そんな気がする。心もいいしな」と、私は思う。上海へ来てから、彼が田村俊子に再会して、どのような感慨を催したかも、私は知らない。素朴で誠実な彼が、不遇のままで頑張っている。そのことが、文学者の運命という、かたちあるものとして、酔ってゆく私の眼に浮ぶ。

白樺派の長老N氏も蘇州を訪れたという。突進してくる水牛の角を避けて、N氏一行はとまどったという。N氏の描いた水牛の顔の絵も私は見た。何枚も飽きずに水牛ばかり描いている。その絵に眺め入っているうちに、水牛の長い顔は、だんだんN氏の顔に似てきた。白樺派は政治権力によって弾圧されたことがない。彼らが立派な仕事を遺したことは間違いがない。しかし彼らは、一回も検挙されたり、おどかされたりしたことはない。まして、転向したことなどありはしないのだ。

志賀直哉は、親切に分けへだてなく、小林多喜二と面談したという。それを私は知っている。しかし、転向したプロレタリア文学派の苦しみを、どこまで肌身に感じていただろうか。

私は、異国の古都で、誰一人に知られることなく、窪川氏と対座している。つっこんだ話など、二人の間には何一つ交わされない。これは勿体ないことだ、ありがたいことだ、と私は思う。雨が降りだした。石畳の道は昏くなる。柳の枝のなびく、長々と屈折した運河には、あいかわらず往き交う小舟もない。

上海のホテルの一室で私が会ったN氏は、しきりに欲張りの話をして「俺なんか、大欲張りで、もうそれを通り越していらあ」と、達観したように、ユーモラスに言った。だが、あの、白樺派の長老の明るいこだわりのない表情動作と、この、文芸評論家の表情動作に滲み出てくる形容しがたい暗さとが、何と違っていることだろう。両方が互いに相手を理解し合うことなど、まだまだ出来はしない。華中鉄道全線のパスを与えられた窪川氏を送って、私は汽車に乗る。窓外は昏くなり、雨がガラスに激しくふきつけた。途中の駅で制服の日本人職員が乗りこんできて、彼に挨拶した。上海の駅に着くと、土砂降りの雨の中を二人は別れる。

私は、ときたま、懐かしい中国文学研究会の同人を思い出す。とりわけ、河北省や湖南省に一兵士として駐屯している、仲のよい同人たちを思い浮べる。北京の兵站部に勤める伍長もいる。同じ北京に住む新聞記者もいる。東京に残った年上の同人もいる。或る者は、満鉄社員として、いま中国のどこかの支所で働いている。九州の田舎に隠棲して、「紅楼夢」の翻訳に没頭する者もいる。彼らはみんな、文学愛好者である。もちろん、まだ何も文学的な仕事らしきものはしてはいない。彼らは中国の文学書を読む。とりわけ、中国の現代文学を熟読する。彼らには好きな作家もいる。彼らの大部分が、大東亜文学者大会なるものには反対なのだ。そのような企てに対して、どうしても心が勇み立たないのだ。彼らは反抗することはできない。胸の片隅で、抵抗者らしきものとして、心を通い合わせているにすぎない。戦線にある同人から、しかも二人から同時に、私は手紙を貰った。恋人が上海にいるはずだから、君が会いに行ってくれ、という通信だ。二人の恋人が、面白いことに同一の女性だった。私は仕方なしに彼女に会いに行く。

キャセイホテルか、パークホテルか、メトロポールホテルか、ブロードウエイマンションか、グローブナハウスか、とにかく繁華街の中央あたりに、彼女は勤めているはずだ。訪ねてきた初対面の男に、彼女は驚いている。手紙をくれた同人の名前を、別に懐かしがっている様子はない。何しろ、彼女はいそがしいにちがいない。街の雑踏が波のように押し寄せては、彼女を押し流す。

物価は毎日はね上っている。

日本の映画会社が製作した「春江遺恨」の試写会があった。有名な男優、阪東妻三郎が高杉晋作役で出演している。高杉はいつもだらしない和服で、しかも胸をはだけて、磊落な豪傑ぶりをあらわしている。上海では、それが気になる。プロデューサーは良心的な男であるにちがいない。高杉は太平天国の革命軍の噂をきいて、日本が危ないぞと覚る。白人の勢力は、もう上海まできている。やがて日本にもくるだろう。彼は決意する。そこで彼は上海で西洋式軍艦を注文する。そこのところに大東亜精神なるものが表現されているらしい。製作側は、日本軍が占領したすべてのアジア各地の民衆に、この映画を観せたがっている。

「駄目だ。それは難しい。不可能だ」と、私は観おわって思う。革命軍の考証など、よくやっている。監督は、もしかしたら左翼くずれかな、と私は秘かに判断する。

明るい外部に出ると、はたしてT氏は困ったように笑いだした。「これはどうもね。わからないよ。全然、わからないよ。中国人に観せたって」と、口に手をあてがって、いつまでもおかしがっている。

日本では「狼火は上海に揚る」という題名で封切されるという。東方文化協会で、この国策映画をめぐって座談会がひらかれた。

席上のE君は、維新の志士など嫌いなので不機嫌である。発言を遠慮して、T氏は下うつむいている。O博士も無言でいる。私だけが会社側の人に御礼を言う。私は、維新の志士を、それほど嫌いではない。しかし、高杉晋作と坂本龍馬を、ときどきとりちがえてしまう。一同の顔色をうかがって、製作責任者もあまり意気が揚らない。ずいぶん費用と時間をかけたものらしい。それが、まるでゼロになったのだ。

劇場や映画館に、太平門と書かれた小さな出口を見るたびに、私はいつも面白いと思う。非常口を太平門《タイピンメン》とは、なかなか風流だな、と感心する。裏門は後門《ホウメン》という。「うら口」という言葉は、中国語で何というのだろうか。そういえば、上海の街全体が「うら口」のようなものらしい。ここでは「おもて口」が、そのまま「うら口」なのだ。人間の出入する口は、すべて太平門なのだ。

暑さが終る頃、T氏が文集「牛骨集」を出版した。「むしろ鶏口となるも、牛後となるなかれ」の反対の心をモットーとしているらしい。若い頃から、人目にたつ華々しいことの嫌いなT氏の性格を、よくあらわしている。われわれ事務所の仲間は、一冊ずつ貰った。それによって、はじめて私はT氏が陶淵明の子孫であることを知った。孔子の子孫もいる中国のことだから、陶淵明の子孫が眼の前にいても、おかしくはなかった。「ははあ、それにしても、晋代の大詩人の子孫か」と、私は何となく感心する。

O博士邸では、次第に私を思いどおりに取り締るようになる。「君は食事のとき、頭を掻きむしったりするでしょう。髪の毛がそこらに散らばるのはよくないと思う。それから、みんなが食べ終ってからも、まだおかずに箸を出していること。君は箸の持ち方がヘンですよ。普通はこうやるんでしょ」と、注意する。私は「そうかなあ」と思案して、何回も箸を握り直してみる。だが、うまくいかない。博士の言葉がおだやかなので、叱られているという気持がしない。

「そうそう。漢字を書くときの順序ねえ。何となくヘンなんだ。書くときの順序は、小学校で教えているはずなんだけどね。君のは好き勝手にやってるようですよ。横棒をひっぱったり、次にタテ棒を書くなり……」と、教えさとしている博士も笑いだす。

「そういえば、自転車の乗り方もヘンですよ」と、奥さんが二階から下りてきて、私をみつめる。「あんな乗り方をしたんじゃあ、第一不便でしょう」「実に不便ですよ。だけど、ぼくはほかのやり方が出来ないもんだから」と、困った私は答える。

酔って帰る私の時刻は、だんだん遅くなる。一度こらしめてやらなければ、と夫妻は決心しているらしい。街が、もうとっくに寝しずまってから帰宅すると、門が開かない。私が何回も大声で呼ばわっても、中はひっそりしている。私は寝そべったり、起き上ったりして待っている。そのうち、両脚で門扉を蹴りはじめる。自分でもひどい蹴り方をしているなとわかる。だが、やめようとしないで怒鳴ったり蹴ったりする。二階の寝室では、夫妻が相談しているような気がする。妸媽部屋では王媽が息をひそめているらしい。博士邸の隣りには、憲兵の宿舎になっている大きな邸がある。「憲兵なんか怖くないぞお」と、私は叫ぶ。「李白は唐代にすでに鯨の詩を書いているぞ。どうだい。驚いたか。そんなこと誰も知っちゃいないだろ。白髪三千丈だぞ。何をコソコソ相談しているんだ。出てこい」

まわりのレンガ塀が高くて、どこからも乗り越えられない。そして地面の冷たさを背中に感じながら「ぼくは決して乱暴な男ではない」と考えている。やがて王媽が声もたてずに、ソロソロと扉を開いてくれる。私は自分の部屋に入って、いままでのことは忘れたように、おとなしく寝てしまう。

E君は私を役所に連れて行く。大使館か中使館か領事館か、そんなことは私は知らない。E君は受付を通らずに、どこの部屋でも入り込む。実際は、そんな資格などあるわけがない。しかし、手足も短く、背も低い彼は、ひどく傲然としている。ここは左翼くずれが肩怒らせて出入できる場所ではない。小役人は彼の勢いに怖れをなしたように、おとなしく出迎えて、もの静かに話す。何か許可証らしきものを二通、彼は受けとる。外へ出ると、彼は苦笑して「役人なんて奴は、ああしないと駄目なんだ。手間ひまばっかりかけやがって」と言った。

高見順氏が、協会事務所に顔を出した。「上海文学」の同人の一人をお供に連れて、機嫌よく入ってくる。「君とE君の南京行きの金が出来たよ」と言う。愛想のいい高見氏に比べて、ひどくぶすっとした顔つきで、「上海文学」の同人は、札をポケットからとりだして、私たちに渡す。彼も、きっと南京に行きたいのにちがいない。高見氏は長身の体を素早く曲げて、私の耳にささやく。「右翼の親分に貰ったことにしておこう。実際に金をくれた人は内密にしておいてくれと言ってるけど。まあ、汚ない金じゃねえんだから貰っておけよ。だけど、ここの理事長は、女の腐ったような奴だなあ」と、人なつっこいニヤニヤ笑いと、ニヒリスティックな眼付きをしてみせた。

私は、とりあえず、理事長を弁護する言葉を探した。

「彼だって若い頃は進歩派だったんですからね。近衛のブレーントラストというのがあるでしょう。尾崎秀実とか、いろんな進歩派の識者が集まって、内々に助言するやつ。彼は、それとも関係しているらしいですよ。いま、いろんな工作が日本側で行なわれているでしょう。汪兆銘の政府の株は落ちるばかりだし。それかといって重慶では相手にしてくれないし。だから『申報』には毎日のように妙な論文が載っているでしょう。その筆者は、たいがいは左翼くずれなんですよ。その主張ときたら、いつも第三勢力と結びついて、うまく解決できるようなことを言ってますよ」と、低い声で言う。

「わかった。わかった」と、高見氏は私の顔をみつめる。「それとこれとはちがうよ。だけど、政治屋はいやだなあ。お互いに文学者でいきましょう」と、私の肩を叩く。私は、何かの薬液が浸みこんだように、肩から頸にかけて痺れてゆく。

上海の北停車場は、移動する中国人で、いつも一杯だ。ごく少数の選ばれた中国人しか、公然たる移動は許されない。大きな荷物を天秤棒の両端にぶら下げたり、肩にじかにかついだり、両手に持ったりした中国人の長い列が続いている。

E君と私は酔っぱらって改札口へ行く。昏い雨が降りつづいているので、構内は湿めっぽく騒がしい。駅の職員は、まるで巡警のように油断なく辺りを見まわしている。きっと内地の優秀な鉄道職員が、選ばれてここまできて働いているにちがいない。私は彼の愛国心には少しも反対ではない。きっと疲れきって焦ら焦らしているんだ。だが、私は、彼の制止するのをきかずに、ふらふらとホームの方へ入ろうとする。何か大きな声で彼は叫ぶ。どんどん汽車のある方に、私は歩こうとする。彼は私をよびとめて説教する。説教されるのが当然なのだ。中国人たちは何時間もおとなしく待ち続けているのだ。私は所持している証明書らしきものを、彼の鼻先にふりかざして、まだ言うことをきかない。しばらく彼はその書類をみつめている。やがて「そうか。文学者なんですな。文学者も国のために働いているんだから、それは俺だって承知しています。じゃあ、通ってよろしい」と、彼は片手で、私の行く方向を示して、厄介払いするように言う。列車に乗りこんで席をとると、E君は、またもや「お前って奴は酔うとすぐ身の程知らずになるから困るよ」と、いましめ、すぐ眼をつぶって眠った真似をする。しばらくして、中国人の旅客たちが、わめき合いながら、なだれのように乗りこんでくる。傘も役に立たないほどの土砂降りである。彼らの鼻先にも指先にも水滴が光っている。河に落ちて這い上ったように、雨水でしみとおった服の男もいる。長髪は乱れ、血色はわるい。私の前の席には、上役の席を取っておこうとして頑張っている、精悍な顔つきの軍人らしき男がいる。彼は必死なので、どうしたって眼付きが鋭くなるのだ。

私は人相のよくない彼の顔を、いつまでも睨みつけてやる。彼は睨み返さない。二人分の座席に積み上げた荷物を大切そうに守りながら、私の視線に耐えている。「こんなに混んでいるのに、お前はわるい奴だぞ。お前には特権なんかありゃしないぞ」と、中国語で彼の耳に聞えるように私は言う。「こいつ、まだ酔っているのか」と、眠そうにE君はつぶやく。

明るい外光が、まばゆく射し込んで、南京は晴れている。私たちは指定されたホテルに行く。会議に参加する資格もなしにきたのだから、休日を楽しむ気分だ。同室者は北京からきた詩人である。彼は美術評論もやり、大東亜省の役人でもあった。だが、そんな肩書とは裏腹に、まるで戦時下の緊張を感じさせない呑気な男だ。

「汪さんが死んだらしいね」と、彼は言う。「だから中国側の代表は困っているんじゃないかな」と、明るい室内を見まわしながら、私の到着が何よりの頼みだったように、心細そうな様子を示す。

「汪兆銘は、たしか日本の病院で治療してたんじゃないのか」と、私は新聞記事を思い出す。

「うん。そうなんだけれど、死んじゃったんだよ」

彼は、重大ニュースが少しも重大に感じられない自分を、申しわけないようにとり扱いながら私の表情を見守っている。空腹を感じている私は、早く食物にありつきたいので、そわそわしている。ところが詩人は、トイレにうずくまったままなのだ。「おい。一寸、君はそこにいてくれよ」と、しゃがみこんだまま言う。トイレのドアーも開け放してある。「俺はね。痔がわるくて、大変なんだ。ながくかかる」と言う声も苦しげで、まっさおな顔になっている。痔病の経験のない私は、彼に付き添っているほかはない。私が外出しようとすると「外出しちゃいけない」と、彼は私を制止する。

「南京まできて便所の番人をさせられるのか」と、私は腕時計を眺めている。

「われわれは、会議なんかに出なくてもいいんだ。ともかく済んだら一緒に行こう。俺を一人っきりにしないでくれ」と、彼は一種の哀切の念をこめて、なおも言う。

私は汪主席が好きだった。青年の日には、橋の下に爆弾を仕掛けて、清朝政府の大官の暗殺を試みた勇敢な人だ。和平政府を作って、日本と妥協しているようにみえて、実は、中国側の被害を出来るだけ少なくして、時間をかせいでいるのだ。彼は、もちろん、中国側によって、裏切り者と指定されるだろう。そんな損な役割を、どうして彼はひき受けなければならなかったのか。国を愛する心において、抗戦側の人々と少しもちがいはないのだ。要するに、彼は真面目なのだ。彼は私利私益を貪ろうとしてもがいているのではない。彼は祖国を愛している。いま、ホテルの一室にいるわれわれ、トイレの内と外に、しゃがんだり立ったりしている日本の文学者らしき輩より、はるかに立派な男なんだ。彼は永久に漢奸として葬り去られるだろうか。最悪の汚名を歴史にとどめて……。そう考えても、私の心は、少しも悲しみに沈み込んではゆかない。早く、一刻も早く、支那まんじゅうか餃子か、もっと手のこんだ料理にありつきたいのだった。

やがて、日本の詩人は、よろめきながらトイレを出てくる。そして、ズボンをひきずり上げて身支度を済ませ、私に礼を言う。

宴会場は静かだった。食卓の上には、豪華な支那料理の皿が並べられ、人々はさかんに飲食してはいるが、内部は真空になったように静まり返っている。私はテーブルの一つに滑りこむ。上海で顔見知りの男が「きたな。こいつ」と、目顔でいって、私の隣りの席に腰をおろす。眺めまわすと酒に酔った男は一人もいない。「今日はね。汪さんのことが発表になったから、酒はみんな遠慮してるんだ」と、隣席の男がささやく。「中国人側は、みんな沈みこんでいるだろ。だから大きな声をだすなよ」「食べるのはいいのかな」「音のしないように食べろ」と、われわれは息を殺して話を交わす。白い制服のボーイさんは、次から次へ御馳走を運び入れる。

床の上のわずかな埃まで見てとれるほど、場内は明るい。

客の一人が席から立ち上った。日本側の代表者の一人だ。彼は自作の詩を読む。彼の顔には、わざとらしい笑いも悲しみも浮んではいない。無表情に、彼は一行だけ日本語で読む。そして「一所懸命に作りましたが、ここまでしか出来ていません。私の詩を終ります」と言って着席した。少しばかりのどよめきが起った。しかし、池の水面を風が通ったようにして、すぐ、また静かになる。隣りの男は舌打ちをしたり、舌なめずりをしたりして食べつづけている。料理は、たしかに素晴らしくおいしい。陽が少し翳っては、おだやかに照りはじめる。私の席のうしろを、中国の老文学者が通り抜けて行く。「あれは、いつか金瓶梅の話をして、日本人を馬鹿にするような大笑いをしていた男だな。だが、彼も今日は死者のこと、死全体のことを考えているな」と、私は推察して見送る。だんだんと、和平側の中国人たちの心のうちが感じられて、ひろがってゆく。決定的な瞬間。それは、やってくるだろう。そう深刻ぶって私は自分に言いきかせているわけではない。だが、いつのまにか、料理の味が変っている。その瞬間は、どんなものだろうか。もしかしたら、いまと同じことなのかもしれない。象牙の箸を握りしめた私の手の動きは、次第にのろくなり、やがて停止した。

雑種
ツアチュン

自分の職場のない南京に滞在した二日間、私は上海を忘れていたわけではない。古い城壁の残っている南京は、小川や池や丘や広場のどこにも樹木が繁っていた。街路は不必要なほど広く、しかも人影はまばらだった。中国と西洋の建築様式を、いそいで工夫をこらして結合したような建物の建ち並ぶ官庁街は、特にひっそりして活気が認められなかった。空は晴れわたっている。中国風の反りくり返った瑠璃色の屋根瓦、赤や緑に塗られた木部、コンクリートむきだしの堂々たる柱、長く続く灰色の壁は、青空とよく調和して、吹きぬける風も爽やかな自然の匂いがした。どこにどんな役所や機関があるのか、一と目でわかって便利だ。心もおのずから安まってくる。だが、その単純な魅力は、果てしもなく混乱して、密集したまま分裂の様相を示している上海の複雑な魅力には、遠く及ばなかった。

帰りの列車で、私は文学会議に列席した日本側の代表団の人々と一緒になった。彼らは無駄な骨折りから解放されたという楽な気分になっているらしく、はじめのうちは会議の印象について、一言も口にしようとはしなかった。私自身はといえば、大体、会場の模様や、代表者の発言について、想像はついていたし、それを今あらためて彼らに質問したいとも思わなかった。それよりも、私がかねがね名前を知り、その文章を読み、かつ噂でその言動を知らされている日本の文人たちと、膝を接して坐っていることの方が、楽しくもあり、刺戟的でもあった。

火野葦平の実物を眼にしたのは、はじめてだった。肩幅のひろい頑丈そうな男が有名な兵隊作家であることは、すぐ察せられた。火野氏が厚着をしているようにみえたのは、ほかの文学者にくらべて、一段と体格がよかったせいである。彼は質素な背広姿だった。それは誰かの服を借着しているかのように、無造作に彼の体を包んでいるだけだった。服装ばかりでなく、彼の言語動作のすべてが、実に無造作で、表情も楽天的であるかのようにうけとられた。彼は、駅に着くたびに窓からのり出して、ホームに立っている物売りの中国人に声をかけた。ただ座席におとなしくしているのが、もどかしい様子である。彼の兵隊もの「麦と兵隊」「土と兵隊」「花と兵隊」を愛読していた私は、中国の農民たちと、何のこだわりもなく接している彼の生活態度を思い出さずにはいられなかった。日本人に対してよりも、むしろ、窓外に立っている見知らぬ中国住民に、どうしても声をかけずにいられない彼の心理も、私にはよくわかった。

彼は、次から次へと、饅頭らしきもの、せんべいらしきもの、果実の砂糖漬らしきもの、ゆで卵や南京豆など買い入れては、私たちの前に投げだした。

彼はおそらく、汽車が上海に到着する前に、所持金を残らずバラまいてしまいたいと思っているにちがいなかった。ことに、南京で貰った金（代表の一人一人が、いくばくかの金を貰いうけていることを私は知っていた）など、懐中にしていることがイヤでたまらないので、よけい散財を続けているらしい。彼の健康な明るい笑顔は、どの文学者にもみられないものであったし、彼のこだわりのない態度も印象的ではあったが、しかし、彼のむきだしにした明朗さの底で、何か暗いものが、ときどき黒い光の破片をまき散らしては、また、とりあつめて、彼の内心に蔵いこまれているようにみえた。

彼の買い込む食料品のすべては、上海ではお目にかかることも難しいくらい泥臭い田舎風の手造り製品だった。みんなは、あまりそれらに手を出そうとはしない。火野氏も無理して、口のまわりに菓子の粉をつけたりして、買った責任を果すため食べているらしい。とりわけ都会風な化粧と服装で、年老いた自分自身を忘れようと努めている田村俊子は「火野さんもいいけれど、やっぱり兵隊だからムダづかいして困るわね」と言いたげに、よそを向いていた。「もし臨時の金を貰ったとしても、あんな遣い方は出来そうもないな」と、私は自分の用心深い性格と、火野氏の開けっぴろげな性格とをくらべている。私はコーヒーを飲むくらいなら、麵かワンタンを食べることにしている。おごってくれる人があっても、そう相手に言うことにしている。

火野氏は、われわれをゆっくりとさせ、浮き浮きとさせようとしている。そして、一同も彼を好きになっている。私も好きになっている。こんな兵隊は見たことがなかった。こんなインテリも見たこともありはしない。第一、私は貧弱な輜重兵だったことはあるが、一人前の工兵でも歩兵でもなくて、弾丸雨飛の最前線で戦ってきた彼とは、くらべものにならない。

車窓の外に移動してゆく田園風景は、ときどき思いもかけぬ起伏や屈折を示す。ただ単純な土色や緑のうねりではない。そんな、ちょっと目にはわからない地勢の変化を利用して、彼はようやく生き延びてきたのだ。

「あなた、文学をやりなさいよ」と、田村俊子が言う。けげんそうな顔つきで、火野氏は私をちらりと眺める。上海文学の同人が、彼女に言った言葉を私は思い出す。「社会主義なんて、もう古いですよ。もっと新しい思想でわれわれは書いているんですよ」と、若い詩人は、理解に苦しんで困っている彼女に対して、ぶしつけに言ったのだ。私は、彼女の社会主義が付焼刃であったか否か、知らない。彼女の胸に未だに残っている、一種の憧れのようなものが、ほんものであることを信じている。

やがて彼らは、ぽつりぽつりと会議の印象を語りだす。「満州から来た代表は、どうしてあんなに、しゃちこばっているんだろう」と、一人が言う。「日本人がか。それとも中国人がか」「無理もないことだとは思うよ。緊張しているから。発言することだけは発言して帰らないと、あとが困るからな」「われわれは、だって何にも発言らしきものをしなかったじゃないか。これで代表では申しわけないみたいだよ」「そうだ。彼らの真剣さを批判することなんぞ出来はしないよ」「日本代表のなかに、どうもおかしいのがいたな。純情は認めるよ。それにしても四十男があんなに純情をふりまわしたり、できるものかな」「うん。奴だろ。奴がしゃべりだすと団長も顔をしかめていたよ。日本人だけの会議じゃないんだからね。あんなことしゃべって通じると思っているのかね。ドイツロマン派を愛国心に役立たせようとしているんだろうさ」「あんな馬鹿がいるおかげで、よけい疲れるんだ」「主催者としては、彼のような男にも発言させなければならない時勢だろうけれど」「利口な奴は黙っている」「悪い奴も黙っているんじゃないのか」と、笑いだす者もある。

上海へ戻ることは、現実に入り込むことだ。ふと気がつくとE君の姿が見えない。彼は、はじめから同乗していなかったのだ。彼は何かに腹を立てて、誰かとけんかしたらしい。そんな噂を南京のホテルに着いた当日、私は聞いている。彼は南京へ着いてからも、私と散歩したことはなかった。食事を共にしたこともなかった。南京には、彼の愛する貧乏な白系ロシアのバレリーナも、その夫も、また、その息子の働いている、惨めな暗い小さな見棄てられたような酒場もなかったからだ。そんな彼に、南京は図体ばかり大きくて内臓はすっかり空っぽになっている、生気のない肉体の残骸のように感じられたとしても、不思議はない。

私にとっても、南京は空っぽだった。建ち並んだ官庁の中身は、そっくり重慶その他の抗戦地区に引越してしまっている。住民たちも、すでに大後方とよばれる、日本軍から成るたけ遠い地帯に避難している。野越え山越え、江河を遡り、湖を渉り、トラックで、小舟で、徒歩で、めいめい体力と知恵をしぼって脱出してしまって、あとは裳抜けの殻なのだ。そこで開催された大会が、どれほどの無力なものだったかは、参加者たちの、どこにも遣り場のない、不安と不満の入りまじった虚ろなおしゃべりに、よくあらわれていた。頑健な兵隊作家は、なるべく文化人的なおしゃべりを聞かないようにしている。彼は一刻も早く、時間つぶしの会話を続ける文学者たちを離れて、血腥い空気をいやというほど吸いこんで、それでも兵隊でありつづけることを黙って引き受けている兵隊仲間のもとへ帰りたいのだ。

「河上徹太郎もQ氏も、そういえば大会に参加しなかったなあ」と、私は思う。彼ら、文芸評論家に、どこでどんな勘が働いて、そんな叡智か計算に辿りついたのだろうか。それは、ほんの一寸した偶然の出来心だったかもしれない。その内情は私には察知すべくもなかった。彼らだって、文学的おしゃべりの好きな、相手をおどかしたり、なだめたり、それに相手を惑わせる術を自由自在に操れる批評家にすぎないのだ。彼らにどんな違いがあるというのか。彼らの生活は、一体、何によって保証されているのか。

兵隊作家は気に入らないし、年下の男たちは、あまり近づかないし、小旅行の疲れもあるらしく、田村俊子は派手な洋装をもて余したようにして、また私に話しかける。彼女は皮膚の白さだけは、依然としてきわだっていて、背すじも曲ってはいない。だが、期限の切れた定期券みたいになった自分自身に、腹を立てているにちがいない。

「あの藤野とかいう女ね。あんたの事務所にときどき現われるんじゃないの。好かない女だな。

女のイヤらしいとこばっかり身につけているように、同じ女の私にはみえるんだ」「そうですかね」と、反対するでも賛成するでもなく、私は答える。「彼女は、あれでも事務所の連中には人気があるんですよ。ことに中国人の職員にはね」チョッと彼女は舌打ちする。私は彼女の不機嫌にはお構いなしに「中年男は、却って藤野みたいな女性がいいんじゃないですか。いつかO博士は、ああいうタイプの女性は、中国人には珍しいと言ってましたよ。そう言われてから考えたんですが、中国の婦人には、ああいう肉づきのいい人はみかけませんね」「よくいるわよ。コックのおかみさんなんか。ザラにいるでしょ。中国の男だって馬鹿が多いからね。もちろん男なんて馬鹿にきまってはいますけれどもさ」と、彼女は大きな眼で、静かな風でも吹きつけるように、興味のなさそうなやり方で、私をチラリと眺めて視線をそらす。若い頃の彼女の視線は、まるで盛夏に扇風機から噴きだされる風か、樹々の梢の葉をなびかす山の風のようにして、男たちの真正面から吹きつけ、吹き荒れて、彼らを悩ませたにちがいない。老いたる牝獅子とでも批評した方がよいのだろうか、老いたるだけは可哀そうで口に出せないけれども、と私は思う。彼女の現在の淋しさについては、私は考えないようにしている。一時的にでも、男たちを熱狂させ、アメリカにも出かけて、白人の間にまじって生活したハイカラ女性は、私にはやはり、まるで別世界の生物の貌をみせつけられているようだ。若い頃の彼女は、短篇「木乃伊《ミイラ》の口紅」を書いた。そのとき彼女は、はたして色褪せた老後の彼女の唇に塗られた口紅の色を想像できたろうか。その色が、鮮やかで艶やかにみえればみえるほど、まるでその題名に復讐されるようにして、灰色の現在がおし寄せてきている。口紅を使用する女性であることは、青春の彼女にとって、歓びであり、武器であった。

溢れんばかりの元気にまかせて、さまざまな冒険を試みる。農民や農村の問題にまで興味を抱く。わざわざ、日本の惨めな農作地帯を調査に出かける。しかし、農村や農民は、彼女の芸術的感覚にそぐわない。ただ眺めまわしただけで引き返して、温泉場に駈け込む。まずいものを食べた口の苦さを、おいしい食物で洗い流して、息を吹き返す。

そんな彼女が、いまは中国の民衆を相手どって（実際は相手どっていなくても、相手どっていると自分自身に言いきかせながら）中国語の婦人雑誌「女声」を発行している。おそらく彼女は、中国人など少しも愛してはいないのだ。どうやって愛情を示してよいのか、見当もつかないのだ。それは、まことに無理のないことであった。中国や中国人について、きわめて僅かしか知識をもっていないで騒いでいる、われわれ日本の文人全部が、彼女と同じ喜劇を演じているのだった。彼女の場合は、まだ自分の無知無感覚を白日の下に曝らしているから、罪はないのだ。自分の無知や無感覚を忘れて、何ごとか為しつつあると考えているわれわれの方こそ、その罪は深いのだ。

それでも、この私は、白痴かデクの坊のようにして、眼の前の彼女をぼんやりと眺めている。

汽車は上海に近づきつつある。

「お前は狡いぞ。それでも生きている方がいい気持だから、生きているんだろう」という声が、列車の進行につれて、車輪の響きにまじって聞えてくる。

相も変らず、上海の街には、キラキラと光り輝き、私を誘惑するような明るさが充ちている。

私はできるだけ遠回りして、O博士邸へ帰ることにする。そこには、私がまだ一回も通ったことのない街路が何本も、縦にも横にも連なっている。進んでいるのか、引き返しているのか、方向感覚に欠けた私にはわからない。上海へきてから、朝陽も夕陽も見たことがないような気がする。事務所に通う私の上に日光が射しかけたり、照らしつけたりしていたことは確かだが、沈む太陽も昇る太陽も、私は見なかった。

裏町には夕暮れどきの薄明りが待っていて、軒を並べた店々には、同じように余り明るくない電灯が輝きはじめている。それらの店の奥は、店のまわりと同じように、はっきりと見定めることが出来ない闇で掩われている。灰色のレンガの壁の間から、揃って顔を覗かせているそれらの中国風な店の一軒で、私は肉入りの包子《パオズ》を新聞紙に包んで貰う。紙を通してまんじゅうの温かみが、私の掌に感じられる。

「あら、私に買ってきて下さったの。風邪をひいて寝ていたんですよ」と、博士夫人が言う。寝床に横たわったまま、彼女は嬉しそうに包子をうけとって翳ってみせる。

「どこで買ったの？　これは上等なおまんじゅうですわ」と、彼女が言う。どこの通りのどんな店で買ったものやら、私にはもう答えられない。博士の姿は邸内にはみえなかった。

私は二着の国民服を持っていた。東京を発つ前、母が特別に注文して拵えたものである。一着は黒い詰襟で学生服とも鉄道員の制服とも、少しずつ異なっていた。ボタンが黒なので中国人の着用する中山服のようにもみえる。布地は木綿だった。秋になるまで、それも着ないで、Yシャツに赤いネクタイを着けていた。ズボンは、ポーラという白い布地で、父のお古を仕立直したものである。それでも、そのズボン地はシワがよらなくて、何となく颯爽としているように、自分では考えていた。

カーキ色の方は、一度着て事務所へ行くと、張青年が「ホホウ。それがあなたの本当の姿ですか」と言って、私の本体を見破ったような表情をしてみせたので、それっきりやめにした。自分では民間人のつもりでいても、張青年の眼からみれば、カーキ色の国民服が、第一礼装としてふさわしいと判断されているのだろうか。ともかく、すべてによく気がつき、一寸としたことで癇を昂ぶらせる上海人相手の生活は、こちらも服装からして気を遣わなければならない。

事務所の日本人職員は、あまり服装のことなど気にしない。経理のYさんなどは、どうせ何を着ようと似合うはずがないので、ヤケになっているようにみえる。E君は着たきり雀で、同じ服を脱いだり着たりするだけであるから、私の方がはるかに衣裳持ちだった。理事長も食物と衣服には全く無頓着である。彼はどんな服装できても、愛想よく高笑いしている。

やがて、O博士夫人の手造りのチョッキが出来上った。赤といっても黒みがかった上品な色彩で、それを垢づいた黒い国民服の下からのぞかせると、なかなか粋にみえる。何しろ、それはホカホカと温かく、それに着易くて軽かった。私が上衣を脱ぐと、理事長は「こいつ。そとは真ッ黒で、なかは真ッ赤だな」と、からかったのは「お前の思想は、どうせそんなところだろう」という気持をあらわしたにちがいない。

私は上海語の講義をうけるのはやめている。女先生に払う授業料が不足しているからだ。そんなぜいたくは、もはや許されない。東京でうけとった電報には、東京の月給のおよそ三倍の額が示されていた。実質賃金は、いまや三分の一から五分の一、さらに十分の一に減少しつつある。

それでも雀の涙ほどのボーナスが出た。「アルベール路のユダヤ人の店に、とても素晴らしいネクタイがあるぞ。ボーナスを全部投げだし、あのネクタイを買う奴はいねえかな」と理事長は私たちを唆した。そんな高級ネクタイを買う金があったら、一番安い中華料理店で、腹一杯食べたいものを食べた方が活力がつく。

高見順氏は北京へ向けて出発する前に、私に語った。「どういうんだろうな。中国は負けているんだろ。日本は勝っているんだぞ。それだのに東京で手に入らない品物が、何でも上海にはあるな。物価は恐ろしく高いし、三輪車《セリンツオ》にも、めったに乗れないがね」と、不安そうな面持ちで、しかし、何にでも興味をもつ小説家の心情を吐露して、いまや上海通になりつつある私に、すがりつくように告げた。

「支那の作家は、上海在住の奴も、北京から来た奴も、みんな日本の国策に順応した発言を、一つもしやがらないんだ。文学者の生活をどうしてくれるという、日常の心配のことしかしゃべらない。ともかく徹底しているんだ。彼らは精神をこわばらせるということが、てんで無いんだな。汪主席が死んだおかげで、一応おとなしくはしていたものの、自分たちだけになれば、大いに飲み、大いに喰ってるんじゃねえか。俺はわからんよ。中国の文学者を好きになったらいいのか、嫌いになったらいいのか、わからんよ。正体がつかめんよ」と、弱気を示す。私は慰めるように言う。「南京で中国人だけの朝食会に招かれたんですよ。協会のT氏も出席していて、いつも通り静かにしゃべっていましたが、騒ぐ気配は全くありませんでした。悠々としていますよ。朝めしといったって、点心が八種類ぐらい出て、もう食べられないぐらいでしたよ」と、ほかの人には言えないことを、彼だけに知らせた。

協会の忘年会らしきものが催された。夏女士は当日になる前から「私、スピーチをしなきゃなりません。何を言ったらいいのかしら」と、心配そうに考えこんでいた。「そうそう。うまいこと考えついたわ。ルネッサンスね。東洋のルネッサンスがはじまっていること。そのお話をします」と、大決心をしたように彼女は私に言った。夏小姐《オウシヨオチヤア》のスピーチは、彼女の意気込みにもかかわらず、呆れるほど短く終った。中国僧の漢さんの方は、滑らかにゆっくりと日本語でしゃべった。漢さんは、日本人職員の言語動作を、やわらかい表情でくまなく観察しているらしかった。

博士夫人も宴会の仲間入りをした。わざわざ支那服を着て、博士の隣りに坐った彼女は、全員を抜け目なく眺めまわして、自分のかねて抱いている意見が違っているか否か、確かめているらしかった。日本人のスピーチを中国語に、中国人の言葉は一々日本語で、張青年は通訳した。その通訳はまことに大ざっぱで、しまいには、どちら側がしゃべった、どちらの国語か、わからなくなるのであった。Yさんはひじで私の横腹を突いて「ほら、張の奴の通訳を聞いたかい。あれじゃあ、俺が中国語が出来ないとか、そういう問題じゃないぜ。聞いていると頭がヘンになってきて、日本語まで忘れそうになりやがるんだ」と、ささやいた。

漢さんの酒は底抜けに強かった。例によって、一番先に私は酔っぱらった。そんな私を、父親のように見守っている漢さんは「武田先生《ウーデイシイサン》、子供ですね。そんなに飲むもんじゃありませんよ」と、注意したがっているようだった。

T氏に連れられて、藤野が姿を現わすと、またYさんのひじが私を突いた。

「あのひと、いつから協会の職員になったんでしょう」と、みるみる博士夫人は不機嫌になった。怒ったときの彼女は、顔色がふだんより白くなって、きっちり身についた支那服もよく似合う。T氏は長身を前こごみにして、照れ臭そうに笑っている。Tさんは日本の女が好きでたまらないんだな。だから藤野と一緒にいられることが、悪い気持はしないにちがいない。中国男性と日本女性の恋愛や結婚や、仄かなとりとめのない愛情などについて思案している間に、私の酔いはますますひどくなる。

林小姐《リンシヤオチエ》は、いつも通りの少女らしい可愛い顔付きで、理事長の傍らに腰を下している。豪華な絹の支那服だ。そんなに事務所の連中が一堂に会することは珍しいことなので、無言で、しかし上気して、中国酒の盃を勢いよく干す。そのたびに、中国職員たちは「好《ハオ》、好《ハオ》」と連呼する。

「理事長の秘書をしていなさるお嬢さんて、酒が強いのね。どちらの親御さんに似ていなさるのかしら。少し、背は低いようだけど」と、O夫人は、小姐に対する私の観察眼を取り調べるように、話しかける。

張青年は、嫌でたまらない通訳の仕事をいい加減にすますと、椅子にふんぞり返って、日本人たちは例によって、ワヤワヤ騒ぎはじめたわい。国柄がちがうと、こうも食べ方や飲み方、しゃべり方や笑い方が異なるものかなと、度重なる自分の発見を噛みしめている。彼にとっては、林小姐などは、ほんの混血児の小娘なのだ。純白の中国服に黒く光るチョッキ、正装も誇らし気に、O博士夫人にも軽く会釈して、宴会の終わるのを待ちかねている。夫人は素早く彼を見やって「支那人は、やはり支那服ね。今日はとりわけ美男子だわね」と言う。

私は椅子を離れて、やたらに中国人職員たちに抱きつく。抱きつかれるのを嫌がって、首をそむける真面白な職員もいる。私は、自分が身の程知らずであり、無意味な強がりをやってみたがる三十男だと感じ入りながら、それを反省する気持など、さらさらない。多分、二十五歳で召集された二年間の兵隊生活の間に、その習慣を身につけたのであろう。雑多な出身の男たちの間で、班長代理をつとめるためには、おそらく、それが必要だったのだ。

「お前さんもいい男だがなあ。ただし、もう少し仕事をやってくれれば、申し分はないという意味だ」と、Yさんが愚痴とも忠告ともつかず、憂鬱そうにつぶやく。事実、翻訳室では、猛烈なスピードで仕事ははかどっている。しかも、同時に数種類の日本書に数名の中国人が取り組んでいる。だが一冊の本も、まだ出版されなかったし、当分の間、陽の目をみるあてもない。経理室へは、私と一緒に中国人たちが原稿料をとりに入って行く。それを、しぶしぶ支払うのはYさんの役目である。こんなことをしていて、一体どうするつもりなんだろう、という彼の心配は、そっくりそのまま私の思いでもあるのだ。

「あなた、みんなに気に入られようとしていなさる。だけど、それが無理なことは少しも気がついていらっしゃらない」と、博士夫人は言う。ぼくは藤野だとか、小姐だとか、そのほか中国女性も、日本女性も、本当はちっとも相手にするつもりはないんですよ。だって、戦争が続いているんですからね、と言い返したいのを、酔った頭に、ちぎれちぎれに浮び上ってはぐるぐると回転する想念の谷間で、じっとこらえている。

次の日、博士と私とYさんは、バスだか電車だかに乗る。私一人のときは、行先を見定めて乗物の種類ははっきりさせているが、連れが二人もあるので、あとに続いて乗り込めばいいのである。三人は乗物を降りた。すると博士が「あッ、掏られた」と、折り目正しいズボンのうしろに手を回している。乗物は走り過ぎる。

「いつも注意しているんだが、一寸油断してたらやられた。ズボンのうしろポケットは危ないね」と、まだ路面に佇っている。「一番いい恰好してるから、金持だと思ってねらわれたんですよ」と、Yさんは慰めるとも、ふざけるともつかず言う。

「君たちはとられなかった？」と、博士はたずねたが、二人とも大丈夫だった。中秋節を過ぎ、お正月は間近かった。

博士の三男坊は、小学校の初年級だが頭がわるいらしい。「あなた、ペン（馬鹿）だね。三に九を足してごらんなさい。だったら、九から三を引いてごらん。ほんとにペンだよ。この子は」奥さんは叱りつけてばかりいる。次男の方は、みるからに秀才で、おまけに気が強い。歯が痛くなったときなど、自分で虫歯に紐をひっかけ、エイエイと掛け声をかけて抜いてしまった。長男は内地にいる。夫妻は子供の自慢をしたことは一回もなかった。しかし、話の様子では、しっかり者の秀才らしい。次男は私と共に自転車を走らせて、スピードの快感を味わう。私は乗り方は下手であるが、走りだしたら彼をぐんぐん追い抜く。競走した彼は、曲り角で自転車を横倒しにして膝小僧をすりむく。血がにじみでているのに痛いとも言わない。二人は龍華寺の塔を見物に行く。数名の左翼文学青年が生き埋めにされたとかいう噂のある境内は静かである。灰色に乾きはてた冬景色の中に、麵を売る店があった。私があんまり走りすぎたおかげで怪我をした少年を喜ばせるために「おソバ食べる?」と、彼を誘った。田舎者らしいじいさんが、もの憂そうにソバを作ってくれる。湯気のたつ二杯の丼を出して「油《ユウ》は入れますか」とたずねて、じいさんは白く固まったラードらしきものに匙をつけて待っている。「油《ユウ》、多多《ターター》的《デ》、好《ホ》レシ」と、いい加減に答えて食べてみると、やっぱり油を加えた方がおいしかった。土埃をあげて風が塔のあたりを吹き過ぎる。私は殺風景な塔の周囲をのろのろと歩きまわる。

「そうだ。魯迅はその頃、この上海に住んでいたのだ。検挙され処刑された青年たちも、やはり上海のどこかにいたんだろうな。生き埋めというけれど、絞殺か銃殺か、記録は残っていないしな」という想いで、立ち去りかねている。「おじさん、何をしているの。ぼく、油っこくて閉口したよ」と、利発な少年は言う。とにかく、雲の如く、霧の如く、何もかも消えてしまって、いまは平凡な空地にすぎないのだ。帰り道では、私はわざと彼の自転車が追い抜くのにまかせる。「おじさんたら、クソ力出して走るんだもの」と、少年は母親に報告した。

「おにいさんたら、いつもうまいことやってる」と、絵を描いていた三男坊が羨ましそうに言う。東京から持参した十二色の色鉛筆を一揃、彼にやってよかったな、と私は思う。博士には、ふとん包みからとりだした柾目の通った桐の下駄を呈上しただけだった。上海では下駄ばきが通用しないのに……。

やっぱり、イトコ同士の結婚はまずかったんじゃないかな。三男坊だけ頭がわるいなんて、おかしいな。愛し合った男女が結びつくというけれど、結婚なんて難しいもんだな。相手のない私は淋しがりもせずに、いろいろと他人の夫婦関係について考える。

私は、中国の古典文化が、まるで消滅してしまっている上海の街が不満だ。むしろ、不思議でならない。古本屋も、同じ道を何回も探して、ようやく探しあてたが、店は申しわけなさそうに体を縮かめ、本の買手もなく埃をかぶっている。帯中尉がいそがしげに本を選ぶ姿を、そこで私はみかけた。めずらしい日本人の客、しかも二人なので、店の主人は奇蹟が起ったように呆然としている。私はロシア文字の本を書棚からとりだす。「レーニン」と、背表紙の文字を読みとりながら、帯氏の方を振り返る。

「君はロシア語が出来るのか」と、彼は私の背中につぶやく。「字ぐらい読めますよ。E君は達者らしいけど」と、私は書物を手にしたまま答える。彼の専門は、ドイツ哲学か、フランス哲学か、カントか、ベルグソンか、私は知らない。西洋哲学の話を交わすほど、二人とも学問的な雰囲気のなかにはいない。店の外では土埃が舞上って、通行人も車もおぼろげである。そうだった。ロシアと日本は不可侵条約を結んでいたんだっけ。だから、ロシアの書物が、ここでは禁止されていないんだ。本棚に並べている店の主人も無事なんだ。国民党はロシアびいきを一掃したが、いま、その国民党の勢力も上海から一掃されている。

うす白くふき上げられては路面を掩う埃の中を、一冊の書も買わずに二人は別々の方角に歩きだす。

暮から正月にかけて、博士邸は客が多い。中国人の特別の客もあり、王媽が腕によりをかけた御馳走が用意されるときには、私は外で食べねばならない。「君は一寸遠慮して」と、博士は言い、王媽は私を炊事場によび、客に出す料理を、ひそかに一皿だけ分けてくれる。いそいで飲みこんで、私は外出する。

注意されなければ、うっかり者の私は、客が到着して食卓につくまで、仲間入りするつもりで待っていたにちがいない。

時間をつぶす場所はいくらでもある。逢いたい女性もなし、上海の街全体を女性のつもりにして、酒屋や、料理屋や演芸場が待ちうけている巷を歩く。寄席の味もわかりはじめた。上海人のつめかけた席に入り、彼らが笑うと私は笑う。何がおかしいのか、訛のひどい言葉ばかり吐き出されて、私はわからない。私の日本人らしい風体を楽屋から覗いて、舞台に出てくる女優さんもいる。女ばかりの旧劇らしく、白髪を垂らした爺さんも女が演ずる。英雄豪傑も女の声を出す。紹興戯、中戯、理解の出来ないまま、京劇とはちがっているなと感ずる。私の知っている三国志とか西遊記とか水滸伝とか、そんな有名な物語から借用した劇など一つもない。中世の歴史劇かと思えば現代の滑稽劇で、好色めいた面白そうなセリフがとびだす度に、客はいっせいに笑う。だが彼らは、くろい国民服を着た私が何となく気がかりらしい。ときどき私を盗み見る。出来ることなら、みんなは自分たちだけで楽しみたいのだ。男一人だけ出てきて、何かしゃべりつづけているのは講談らしい。ときどき卓をたたいて大声を発する。細い木の脚で支えた卓はユラユラ揺れている。

私は横光利一の「上海」を思い出しながら歩いている。五・三〇事件を取り扱った「上海」では、揚樹甫《ヤンジユツボ》の紡績工場から、デモの先頭にたって女神の如く現われる女指導者や、それを街角で淋しく眺め入っている日本人インテリ。中国人労働者の漂わす殺気と、異国の民衆に紛れこんだ日本人男性の、どこにも遣り場のない憂愁が彩りをなしていた。街頭の光景は横光が描写した通りだ。新感覚派の描写が、上海の色彩や活気を表現するのにふさわしいのだ。新感覚派が必死に試みた冒険の記念碑として「上海」は残るだろう。だが、何かが、くいちがっている。何かが足りない。彼の善意と情熱と才能にもかかわらず、あまりに文学的なものが多すぎる。文学者の新しい企てのすべてが消え失せ、描写された上海だけが、かすり傷一つ負わずに存在しつづける。そう私は考えたくない。

私が東京で傍聴した大東亜文学者大会の壇上で、紋服に袴をつけた長髪の彼の姿は、とりわけ孤独にみえた。日軍占領下の東亜各地から、祝電や祝辞が寄せられていて、いそがしく活発に、それが読みあげられる。歌人である将校が、ひどく昂奮して膝をがたがたさせて、和歌を朗詠する。横光は真面目で優秀な文学者なのだ。ほとんどしゃべらないで絶句してしまった彼の背後に、うすら寒いような大きな黒い影が拡がっているようにみえた。彼は大長篇「旅愁」を書きついでいた。その大きな舞台では、惟神《かんながら》の日本精神とヨーロッパ文明が比較され、研究され、詠嘆されていた。それは、目まいのするほどの壮大なテーマだった。彼にとって、大和心《やまとごころ》も禊《みそぎ》も「イヤサカ!」も正しいのだ。しかし、ヨーロッパの強固な建築、絵画、哲学、文学、輝かしきそれらの文化をも認めないではいられないのだ。彼は、この矛盾の重荷によろめいて、苦しかったにちがいない。神道とキリスト教、その二つでさえも、目が眩むほどの大問題だ。「上海」のことなど、彼の念頭にはないのかもしれない。

私は、醤油のような色をした酒、青味のわずかにみえる酒、水のように透明な酒、甘ったるくて料理にふさわしくない酒、たまらなく匂いの強い酒、さまざまの中国酒を味わっては店を出て行く。

博士一家が出はらって、私ひとりが留守番をする日もあった。街で買った、古い中国正月の風習を示す、赤や黄色の聯《れん》を壁に吊して、しきりに眺めていた。色紙に印刷した奇怪な絵模様と、めでたいことだらけの達筆な文字は、みつめればみつめるほど、さまざまな欲望を表わしていて退屈しない。陽のよくあたる二階は寒気を全く感じさせない。

気がつくと、王媽がいつのまにか部屋に入りこんでいる。顔を洗って髪をなでつけてから出現したらしく、衣服もこざっぱりしている。洗いざらしの藍衣がよく似合っている。彼女は畳部屋の入口近くに横坐りになって、伏目がちにしているが、ときどき私の方を眺める。彼女が毎晩、脚だけは湯につけて入浴代りにしていることは、中国の女性にはよくある例だ。「脚が少し痛い」と、正面を向いたまま、彼女はつぶやく。肉色の木綿の靴下が皺が寄っていて、それをのばすためにやっているのかなと、私は思う。面長の彼女の両脚は長くて、中国人としては肉づきがいい。彼女の態度は、いつもおっとりして騒がしいところがない。「働きすぎたから痛いんだろう」と、私は言う。だが彼女は、なかなか両脚をひっこめようとはしない。おっとりした彼女の仕草を、ゆっくりと包んでいるように、邸内は静かである。

そう言えば、彼女の子供はどこへ行ったんだろう。彼女に子供があるかどうか、それすら私ははっきり覚えていない。見かけたような気もするし、見なかったような気もする。もともと不在の彼女の夫が、その場に姿をみせるはずもない。はるか遠い彼方、私の知らないどこかに、昼も夜も彼は沈んでいるのだ。夫も妻も、何の義務も責任もなく、静かに離れて暮しているのだ。まるで、マリアとその夫、大工ヨゼフのようにして。離れたまま何かを待ちうけているようにして……。

私は古本屋を漁って、漢訳聖書なら何でも買い込むことにしている。漢字だけでぎっしり埋められた頁の中に、中国服を着て蹲った人物のように、聖書の登場人物はおとなしく隠れている。漢字名を与えられた、エホバ、イエス、ペテロ、マタイ、マルコ、ルカ、ヨハネ、シモン、パウロ、ユダなど。そして、イエス処刑の許可を与えた総督ピラトも、古代中国の王者そのままの厳然たる姿で、漢字の波の間にこわばっている。

王嫣の全身が次第になまめかしく、厳めしく、意味ありげにみえてくる。横坐りの彼女の表情は、弱々しく動かないが、かすかな羞らいのようなもの、秘密めかした笑いのようなものが浮んで、そのまま消えようとしない。彼女は焦れったそうに、両脚をのばしたり縮めたりしている。私は壁にかけられた対聯《トイレン》の方を、あらためて振り向く。黄昏前の金色の光が、われわれ二人を照らし出し、時間は粘りつく飴のように、のろのろと経ってゆく。彼女は何を待ちのぞんでいるのか。私は何も待ってはいない。彼女は諦めたように立上り、部屋の外に出て行く。

三ヵ日の間、酒好きの博士は飲みつづける。よく陽のあたる芝生の上にじゅうたんを拡げて、二人の仲良しを客にして、楽しそうに飲んでは眠り、眠っては起き上って、飲みつづけている。

客は二人とも商人らしい。蛙の乾ものの背中の皮を破って、黄色く固まった脂肪をとりだしては、三人はそれを嘗めている。

「まだ儲けているのか。お前さんも粘り強いね」と、学者がからかうと、あまり商売人らしくもなく、老齢にさしかかった友だち二人は「学者はいいな。難しい理屈をこねていれば、それで済むんだからな」と、愉快そうに寝そべっては陽の光を浴びている。

その芝生は、得体のしれぬ野草がはびこっていて枯れかかっている。博士の命令で芝刈機を動かした私は、三十分ほど押したり引いたりするだけで、息がせいせいという。炊事場との間を、飽きもせずに往復して世話を焼く夫人は「やりだしたら止めないんですから」と嘆息する。

雪の激しく降る朝があった。自転車のペダルを踏んでいると、真正面から綿雪が吹きつける。上海の雪の話など、聞いたことがない。三寒四温には慣れている市民も、気候の激変に驚いているらしい。こんな日に休むと、Yさんがニヤニヤ笑いで待ちうけているからな、とスピードをあげる。とまどった通行人の間を下手くそな自転車で、ぶざまな恰好は承知の上で、かなりの距離を走り続ける。家々の屋根は黒く濡れて、遠く煙る十字路は、いつもとちがい神秘的な四ツ辻のようにみえる。舞い狂う雪に刃向うようにして、麵を売る店では湯気が立ち昇る。一輪車を押して行く男。鉄を打つ音が聞える。青々とした野菜を車に一杯積んで、雪と汗にまみれて運ぶ夫婦。猛々しい主婦の叫び声も雪の風に流されて、いつもより低く聞える。銹びた針金や鉄パイプを並べた店。店先につまれた薄黄色いおからの山から、むせっぽい匂いを発散する豆腐屋。土管や大小の壺を並べた焼き物屋。うす暗い雪の朝のため、急に活気をとり戻したように、通路はすべて黝く光って、市民は今日こそ働かなくちゃあ、と決心した姿勢で動きまわる。事務所附近では見ることも出来ない、逞しく陽焼けした顔、青白く衰えた顔、異様に眼を光らせた顔、のんきに諦めた顔、まだまだやるぞと、意志をむきだしにした顔が、いっせいに街中に溢れ出したようだ。

事務所に着くと、職員たちは私よりも早く到着している。張青年も周青年も、経理室の少年のように若い男も、王嫣も、給仕の少女も、笑いながら私を出迎える。もちろん、Yさんもいそがしそうに算盤をはじいている。「お前さんが出てくるかどうか、みんなで賭をしていたんだ」と、Yさんが言う。脱いだ国民服をうけとって、王嫣は破れやほつれがあるかどうか調べている。ふだんの日より、豚の脂身の多めに入った料理の皿を出すとき、彼女は得意そうな顔をしている。みんなは急いで白米の山盛りの茶碗を手にして、互いに心が通じ合ったように箸を動かす。

遅めに顔を出したO博士は、別室に私をよびだす。「実はね。出来上った翻訳を東亜同文書院の先生にみて貰ったんだが、一寸ひどすぎるんじゃないか、と言うんだ。それで、一応手を加えて貰うことにしたからね」と、私の機嫌を損じないように言う。満腹した私は、博士に何を言われようと上機嫌である。

午後になると、うららかに陽が射しはじめる。硝子のはまった書棚の鍵を開け、開明書店版「二十五史」の揃いの中から、一冊をぬきだす。

二十五代の正史が縮刷して入れてある、その大阪の本は、とても読みきれないが中国史の宝庫なのだ。「漢書」「後漢書」の巻を拡げて、私は王昭君の記事を探す。胡沙吹く風に送られて、匈奴に嫁入りし、天幕生活をした彼女。その子供たちがどうなったかを調べる。和平公主の問題が、私には興味がある。「漢宮秋」という京劇もあったはずだ。

公主とは、姫宮、皇女、内親王のことだ。漢民族の何代にも亙って実施してきた結婚政策、できるだけの美女を集めて、異国の王者の歓心を得ようとする。無理やりに異民族と結びつけられた女性には、混血の娘たちが生れたはずだ。その娘たちは、やはり、さぞかし美女だったであろう。彼女たちは、その後、はたして漢人と結婚したのだろうか。それとも匈奴の一員として同化してしまったのだろうか。

ヨーロッパ諸国の王たちも、自分の国の安全を守り、繁栄を求めるためには、次から次へと、他国の美女を迎え入れ、自国の美女を送り出した。ヨーロッパの歴史はよく知らない。王昭君とその子孫の運命だけが気がかりなのだ。彼女は果して、悲運のかよわき女性だったのか。それとも異境で生きのびたしたたか者だったのか。女というものは、腕力その他、はかないようでいて、妙に頼りになり、実はふてぶてしい。ときによると、男より頭が働く。急に強気になって、何があっても平然としている。人間以外の存在かもしれないが、やはり人間だというより仕方がない。この女の不可解さは、遠い過去のことではなくて、いまのいま、王嫣や給仕女、博士夫人や藤野、その他数知れぬ上海の女たちを、息苦しいほど彩っているにちがいない。

わるい紙質の上に印刷された漢字の行間に、私は朱筆を入れる。そんなことをして、あとの利用者が困ろうが、一向お構いなしに、細かい文字が蟻の如くに密集した影印本の頁の上に、紅い花を点じつづける。

私は、よくはわからないのだ、そんなことは。わからなくっても差支えはないのだ。どうして柄にもなく、こんなことを考えだしたのであろうか。それは結局、女が好きでたまらないからだろう。そうだ。問題は「和平公主」だっけな。つまり、混血児のややこしさについて思い悩んでいたはずだがな。第一、匈奴というやつがわからない。漢人についてもわかっていやしない。それにこだわりだしたら、きりがなくなるぞ。林小姐だって混血児であることは間違いないしな。T氏の子供たちだって、この問題にひっかかってくる。

そうだ。忘れていた。中国語には「雑種《ツァチュン》」という不気味な言葉があった。それは、他人を罵るときに、よく使われる。ツァチュンは、単なる混血児の意味ではない。血がまじり合っては何故いけないのか。だが、どうも、ツァチュンという語の響きは、われわれをおびやかす。雑《ツァ》種子と子までつけて、私生児をよぶこともある。だけど、人類はだんだんと雑種の方が殖えてくるにちがいないのだ。合の子は、何も特別なものではない。だが、そうばかりいって済むことではないらしいぞ。ともかく、ツァチュンを避けて通るわけにはいかない。

日本人の経営する印刷会社と出版会社が共同で、時節外れの新年会を催す。いうまでもなく、彼らは上海の文化人なのだ。画家のはしくれもいれば、カメラマンもいる。詩人もいる。グラフィックデザイナーもいる。何が専門なのか、そんなことを詮議だてする人はいない。みんな酒が強い。私よりもはるかに強い。負けまいとして急速に酔がやってくる。私の意識は危うくなる。

藤野が入ってきた。印刷関係の技術者らしき若い男と連れだっている。我慢のできなくなった私は、じゅうたんの上にぶったおれる。椅子やテーブルの脚が顔の上に林立している。数名の男たちが、手どり足どりで私をテーブルの上に横たえたらしい。冷汗が胸からも背中からも流れる。

「大丈夫か。服をゆるめた方がいいんじゃないか」と言う声が聞えて、バンドが外されズボンも脱がされてゆく。「裸にすると、いい体してるな」「この人は女嫌いなのかな」「もったいない話だよ」彼らは陳列品を観賞するようにして、私のパンツを脱がす。「臭いぞ」「よく洗っているのかな」「お前のこと考えろ」「ケバがすごいな」隠しどころが人前にさらされていることが、眼をつぶったまま私にわかる。恥ずかしくも、おかしくもない。隠しどころは熱を帯びてくる。ふくらんでくる。またたく間に硬直し、ずんずん直立してくる。それは、どこか四次元空間の異性に向って突きだしているらしい。誰かが溜息をついた。砲身の奥の弾丸は、宇宙に向って発射されようとしている。それには禁欲の瞋《いか》りが火薬の如くつめこまれている。「わたしが、ほかの若い人と連れだってきたのがいけなかったのかしら」と言う藤野の声が、馬鹿馬鹿しい音響のように消えてゆく。いい気持だ。充実している。とても自由で解放されているんだ、俺は。と、闇の中で起き上ろうとして私は思う。

要するに、すべてはこの尖端から生れるのだ。それは素晴らしい。純血も雑種も、ほかのどこからでもなくて、この一点から発生して地球を蓋《おお》いつくすのだ。われらは殖えつづけている。ユダヤ民族も殖えつづけ、さまよい歩く。

復讐は我に在り！　我、汝に報いん、とエホバはのたもうた。そして、彼らはエジプトを追放され、荒野を旅して、安全な地点を探し求める。かくして、ユダヤ民族は、泥や石や青銅や黄金の偶像を作ったのだ。だから、エホバの顔を視たとたんに死滅するのだ。

それでも彼らは闘う。「顔」を視まいとして、たたかう。われらも、たたかう。たたかわない間も、射精する。その匂いは、濃くなったり薄くなったりする。四次元空間の女陰は、どんな形をしているのか。それは神の「顔」の如く、視たらいけないのだ。アダムの次にイブが生れる。その子孫が生れる。「イヤサカ！」……。あまりの臭気のために、私は窒息する。眠りはじめる。

廃園

在郷軍人会、その他の団体の訓練も上海では少なかった。

それでもO博士と私とが、揃って一時間ほどの簡単な演習にかりだされることがあった。教官もわれわれも、ただその時間の過ぎるのを待っていた。ゼスフィールド公園が訓練地として使用されるときなど、灌木の茂みの下を匍匐前進しているわれわれを、公園に遊びにきた一般の上海市民が、不思議そうに見守っていた。両肘を地面につっぱって、いも虫の如くにもがいているわれわれが、何のためにそんなことを、わざわざやっているのか、判断もつかない彼らは、嘲笑もせず、ひそひそ話もしない。ただ異様な眺めに呆れ返った如く、遠巻きにとりまいていた。彼らは、もちろん、日本軍の玉砕の噂は、新聞その他で、とっくに知りつくしているはずだった。転進も撤退も、全滅も突貫も、大戦果も大損害も、彼らの日常生活とは、まったく別の世界で、夢の如くに勝手にとり行なわれている。彼らにとって、何より気がかりなのは、物価の高騰であって、精神の上昇や下落、心の緊張や弛緩ではなかった。

彼らだって、一刻も気をゆるめることなく、心を張りつめているにはちがいない。その内容が、芝生から茂みへ、ゆるやかな丘から、さらに池のほとりにまで這い進み、何かしら「精神的」なものを胸中に隠しもっているらしき日本人の集団とは、千里もへだたっていた。

一汗かいたあとで、列が解散すると、博士は「お粥でも食べましょう」と、私を誘った。粥専門の店は庶民的で大きい。二階建の木造の古びた建物の窓々から、さかんに粥を煮る湯気を街なかに漂わせている。雑踏する客たちの喧噪と熱気がこもっている。粥の種類は驚くほど多い。広東あたりの名物らしき粥には、さまざまな魚介や火腿《ホートイ》（ハム）、腸詰め、野菜、うずら、あひる、にわとりの卵などが選ぶのに困るほどだった。

博士は食べつけた中国粥を、フウフウと息を吐きながら、おいしそうにすすった。訓練の馬鹿馬鹿しさに関しては、一言もしゃべらなかった。それは、しゃべることが危険だという警戒心からではなくて、もの憂く時間の経過を待っている疲れのあらわれであるようにみえた。

「君は一軒の家に住んでみる気はありませんか」と、やがて博士は私の顔をみつめて、静かにたずねた。

「東亜同文書院で管理しなきゃならない建物が一軒空いてね。それは三階建の洋館ですよ。部屋数も多い。そこには英国人の一家が住んでいたんだが、彼らはいま、収容所にいる。そこにYさんと一緒に暮す気持があるなら、そうしてもいい。そのことはYさんにも、もう話してある。ただし……」と、注意深く言う。

「実は、夏小姐《オウシヨオチヤア》が住む場所に困っているんでね。彼女にも一部屋あてがってやれたら好都合なんだ。ガレージもついている立派な家ですよ」「そんなでかい家にぼくらだけで住んでいいんですか」と、私は驚いて言う。

このまま、博士邸に住みついていてもいいし、別の家に引越してもいい。いずれにしても私の自由を束縛するわけもなく、かといって、無制限に野放しにするつもりもなかった。すべてはYさんのきめた通りに従っていればいい。それにしても、一軒の洋館を丸ごと手に入れることが私に出来るのだろうか。

おそらく、中国の経済史を専門にする博士は、日本の敗戦がほど近いことを感じとっているにちがいない。博士にとっても、私がどっちを選ぼうが、かまったことではないだろう。博士の上海体験は、すでに三十年になろうとしている。危険の目にも何回かあっている。たとえ、どんな小さな部屋にしても、本当の所有者は、われわれではないのだ。上海全体を所有しているのは上海人であって、われわれ、よそ者ではない。

「ぼくは東京でも、ずうっと寺に住んでいて、下宿した経験もないんです。親のすねかじりでね。だから……」「それは、わかっています。じゃあ、そうしてくれますか。もちろん、食事をぼくのうちでしたいんなら、あなたの好きにしていいですよ」と言う博士の表情は、私にはわからない、さまざまの複雑な配慮やもの思いに乱れているらしかった。

クリークや小川の底に沈んだ水草や藻の類が、新鮮な緑の色を増すにつれ、街は春めいてくる。二度目の夏は、すぐそこまできている。

一週間に一回は、事務所の私に藤野から電話がかかる。Yさんが「あの女、お前さんに惚れてるんだよ」と言う。彼女は南京路のホテルのロビーその他、賑やかな場所に私を連れ出そうとする。彼女は私の質素な暮しぶりを眺めて「実業家は、みんな大した景気よ。どんな暮しぶりをしているか知ってる？」とたずねる。私は、まばゆい繁華街の明るいロビーなど、少しも行きたくない。コーヒーをおごるという彼女の申し出を断って、近所の汚ない店へ行き、ワンタンを食べる。彼女は注文もしないで「あなたって、いつもワンタンばかり食べてるわね」と言う。

苦しくなっているのは、東方文化協会だけではない。国際文化振興会の上海支部の如きは、ほとんど活動を停止している。することがないので、いつもひまだ。その振興会の連中が、今日は魯迅先生のお墓でも見に行かないか、と私を誘う。私は自転車で行くつもりだった。藤野がはしゃいで、荷台に乗ろうとする。五、六回ペダルを踏んだ私は、彼女の重量がこたえて、とても走りだせそうもない。静安寺路《チンアンズロ》の外れにある外国人墓地、万国公墓とよぶ一角は、散歩にはもってこいの場所である。石とコンクリートで畳まれた灰色の風景の中に、柳の緑が風に吹かれている。街なかではお目にかかれない枯葉も散らばっている。

「児女ハ死セルニアラズ。睡レルナリ」と刻まれた西洋風の墓もある。供えられた生花の束は腐って匂いを放っている。

「あれ、これらしいんだが」と、振興会の支部長が叫ぶ。彼は九州男児で、日蓮宗の信者だ。毎朝、法華経を読みあげる。

魯迅の墓標には、顔写真を印刷した白い陶板が嵌めこまれている。しかも、それが砕かれている。誰が壊したのだろうか。われわれ日本人はぎょっとして、その前に佇む。子供のいたずらかな、と思う。おそらく日本人ではないだろう。いまだに魯迅を敵視する上海人がいるはずがない。しかし、顔写真の半分は、白い破片となって欠け落ちている。写真を墓に嵌めこむ趣向は、日本ではあまりみられない。

悪童が何の気なしに投げた小石が当ったのにすぎないのかもしれない。

魯迅とキリスト教は何のかかわりもない。誰が、この墓標を建てたのだろうか。内山書店の主人はキリスト教である。外国人墓地を選んだのは、内山老板《ロオペエ》だったのか。それとも魯迅の親友たちだったのか。草花の束は、その墓の前にはみえなかった。何となく痛ましい、寒々とした気分が、私どもを襲う。

藤野はもちろん、魯迅の一生について、何も知らない。国際文化振興会の男たちは、国際的な仕事を手がけているだけあって、魯迅の文章も読んでいるらしい。またもや私は、私個人にとって、まことにつらい魯迅の言葉を思い出す。「和尚の子供は小和尚だ。和尚が死ねば、小和尚が和尚になる。その和尚がまたもや小和尚を生む……」

現代の僧侶たちの行状を、彼は唾棄した。だが彼は、中世の中国仏教説話の文献には興味を抱いている。それほど、ほんものの仏教を嫌っているようにはみえない。キリスト教を憎んでいたとも思えない。

万国公墓は、万人に開放されている。とはいっても、この墓地を利用できるには、それだけの費用がかかる。ふつうの上海市民には、とてものぞめない高級墓地である。墓をつくることが、いかに困難か、彼らはおそらく遠い故郷の土饅頭のことしか知らないだろう。日蓮宗や浄土宗に帰依する日本人の墓は、ここに混っているのだろうか。雑種《ツアチユン》もここに永眠している？　さて、どうだろうか。

帰りの自転車は、私に代って九州男児が走らせる。彼なら藤野の重みを、わけなく乗せて行ける。自転車から解放された私は、のんびりと徒歩でついて行く。

墓地を一歩出ると、そこは宗教とは関係のなさそうな街並である。静安寺路には灰色の民家に混って、小映画館やキャバレーがある。深夜だけ輝いている紫や緑のネオンもある。特別の客以外には近寄れないクラブ制の高級酒場は、風に柳の葉がなびき、ポプラの葉がざわめく大きな邸の内部に、ひっそりと隠れている。いつか、その一軒で藍衣社の集りがあったという噂も聞いている。赤、黒二色刷の新聞記事で、私はそれを読んだ。

宴会場に居並ぶ客を前にして、藍衣社の親分は、子分の一人に口を寄せて何ごとかささやく。子分が出て行ってから、しばらくして親分が立ち上る。客たちはさかんに飲食している。すると、ドアーが開いて一人の男が闖入する。男は客の一人に向ってピストルを発射する。狙いたがわず目標は倒れる。

宴会はたちまち散会して、顔色を変えた客たちは、室外へ出て行く。犯人が黒めがねをかけていたか否かは、報道されていない。親分は大声も出さない小男だったそうだ。面白いことなら何でもいい小新聞の読者は、秘密くさい事件が深い闇に掩われていればいるほど喜ぶ。とりわけ上海人は、どうせ真相のわかりっこない事柄を、自分たちだけで面白がる傾向がある。

親分は何ごともなかったかのように、静かにその場を立ち去る。

藍衣社のメンバーが、この上海のどこに隠れて、何を企んでいるのか、私が知るはずもない。隠れ棲んで姿をみせない闇のグループの動静が、どうして伝わってくるのか。

国民党の右派も左派も、この上海の街のここかしこを徘徊している。それは確かだ。どう日本軍が焦ったところで、彼らの暗躍を止めることは出来ない。

有島武郎を崇拝する銭女士が、和平派か抗戦派か、誰が知ろう。「愛する女性と心中を決行した素晴らしい日本の文学者、彼こそは真の男です」と叫んで、彼女は私を睨みつけたのだ。彼女の夫は重慶にいる。重慶は抗戦地区の中枢部だ。日本空軍は、日夜、揚子江上流のこの街を爆撃している。女士は、あれから一回も事務所に顔をみせない。もう重慶に向って旅立ったのかもしれない。

三月に入って、まもなく、私は一通の電報をうけとった。東京からの電文には「マユリシスチチ」と報らせてあった。

私は、しばらくの間、椅子に腰を落して頭を抱えていた。周青年が向い側の椅子から立ち上って、私の様子をうかがう。口数の少ない彼は、私に向って余計な質問を発したことはない。私は上海へきてから、ただの一度も妹の身の上を気遣ったことはない。妹は、いわば存在していなかったのだ。その妹が急死した。やたらと物に動じない、無口な一人の女だったのに。さまざまの思いが一ぺんに湧き上がり、私に襲いかかる。

「なんの電報ですか」と、周青年が近寄ってくる。何か公の伝達が、翻訳主任にあったのかと、翻訳員たる彼は心配したのだろうか。

「妹が死にました」と、私が言う。急に顔を暗くした彼は、私の背後にまわって、そっと肩に触る。そして、気の毒そうに私の顔をのぞきこむ。東京在住の平凡な主婦が生命を失った。その事実は、日本の窮状がそれだけ激しくなっている証拠だ。周青年は敏感にそれを嗅ぎとっているにちがいない。職員が出払っている事務所から立ち去ろうともせずに、彼は私の傍らにとどまっている。野暮ったい中国服を長めに着た彼は、フェルトの裏のついた支那靴で歩きまわっている。

だからといって、彼に対する私の愛情が増すはずもない。彼の正体は依然として摑めないのだ。彼の同情心を私は感謝する。今日だけは酒は飲むまい、と私は決心する。酔っぱらわなくても妹の死は取り返しのつかない事実だ。

私は新しい住宅の重すぎる鍵束を鳴らす。腰にぶら下げた鍵の数は多すぎて、どれを使ったらいいのか、私はまごつく。正面入口からガレージ、階下の食堂、二階三階の部屋部屋、裏口、十五はある鍵が、どれも似ている。真鍮《しんちゆう》の輪に吊して、調べいいようにはしてあるが、どの鍵を試したのか、輪の何番目に戻したのか、苛だつばかりだ。東京にいたときは、鍵を使用した経験はまったくない。博士邸では王媽《ワンマア》や夫人がいるから、声をかけるだけでよい。硝子窓の多い二階の瀟洒たる一室を私は占拠する。先住者の趣味のよさを示して、壁にかけた額には面白い銅版画《エッチング》が入っている。ロンドンかパリーか、芸術家らしき連中が集まって談笑している図柄である。子供部屋もあるから、白人夫妻は生活を充分に楽しんでいたらしい。子供のベッド、椅子、遊び道具なども、そのまま残っている。黄色い顔をした野蛮人が攻めてこなければ、彼らは自分の苦心して建てた住宅に、いつまでも住んでいられたのだろう。庭を見下ろすと、大分荒れているのは、日本人が管理してからは、まるで手入れしないからだ。中国人の金持が引き継いだ家屋だけは、綺麗に掃除してある。いったん日本人が住みついたら、そこだけ汚ならしい廃屋になってしまう。租界の美しさを保つために、白人がどれだけ細心の工夫をこらしたか。日本租界とフランス租界、共同租界のたたずまいの違いで明らかである。

夏小姐《オウシヨオチヤア》は三階に住みつくことになった。彼女は数名の女友だちを招待して、新居を披露する。友だちは、みんな彼女より若い。紹介された私は、彼女の手料理の御馳走の相伴をすることができた。いうまでもないが、女友だちは私に興味を抱いているらしい。中国女性たちは、あまり美女とは思われない。

「この人、お坊さんよ」と、夏女士は眼付きを鋭くして友だちに言う。それは「だから安心しなさい」と告げているようだ。男友だちを彼女が招ばなかったのは、私への気兼ねからだったろう。私は中国人の仲間なら、男女を問わず知り合いになりたかったのだ。中国を知るということは、つまり、そんな簡単な事柄からはじまる。大学の暗い研究室や、いかめしい研究所の書庫に出入するだけでは、日本人と中国人の感情に触れることはできない。東大の教授たち、京都の東方文化研究所の研究員たちを、私は学者として信用する。だが、その種の講義や研究とは別のところで、事態は進行している。彼らが孤独な研究にうちこんでいることは、それはそれで、よいことだろう。すぐれた業績を遺すだろう。だが、それだけではつまらないな、と私は思う。上海へきてから、私の考えは、ますます強く抜きがたいものになりつつある。

水道、ガス、電気の料金の支払いが、うっかりしてとどこおる。いきなり電灯が消える。ガスの火がつかない。

そのたびに夏女士は私をせきたてる。

「あなたは日本人でしょ。日本人が出かけて行けば、ガスでも電気でも、すぐ解決が出来ますよ。さあ、会社へ行ってきて下さい」と命令する。そんな命令でもなければ、水道局や電気会社、ガス会社がどこにあるのか、私は考えたこともない。

自転車にまたがって、道を曲りくねり、何度も聞き返して、やっと交渉をすませる。その自転車の登録番号の書き替えも行なわれる。ピカピカに光るエナメル塗りの新しい札をもらって、私はほっとする。日本人だからといって、わがままは許されないのだ。許可を得にきた上海人たちは「日本人もくるのか」と言いたげに、私を不思議そうに眺めている。

家の外部の元栓、スイッチ、つなぎめ、その何れかが止められていたらしい。やがて職工がきて、万事うまくいく。

「電話もかかったわ。あなたが行けば、すぐでしょう」と、三階の女士が叫ぶ。

「きっと電話で恋人に連絡がつかなかったので、彼女はあわてたんだな」と私は思う。私自身は、自宅から電話をかけた覚えはない。世間のことには、彼女の方がはるかにくわしいのだ。そんなに頭のよく回る女士も、とんでもない間違いをやらかす。洗面所の栓か水洗便所の水の始末が間違っていたのか。或る晩、突然、彼女の部屋から水が溢れだす。彼女は外出したままだ。三階から二階へ、天井や壁を伝って、水がさかんに落ちてくる。うす黄色い塗料がはげて濁った水は、私のベッドをも濡らしはじめる。ふとんや毛布、カーテンも椅子も、床までうす黄色くなってしまう。呆然とした私は、なりゆきに任せる。

帰宅した彼女は、タオルを手にして、あわてて私の部屋にとびこんでくる。あたりの光景を眺めまわして「すみません。すみません」と謝罪する。しきりに掃除をはじめる。しかし、うす黄色く変化した部屋全体が、もと通りになるわけがない。

同じ失敗を事務所でも、彼女はした。事務所に溢れた水は、階下のレストランに洪水の如くに流れ落ちた。出勤してきた王嫣が「チョッ、また夏さんだ」と舌打ちして、雑巾で方々ぬぐいはじめる。雑巾をしぼってバケツに水をためるが、そんなことでは廊下まで溢れだした床一面の水は始末できない。やがてレストランの女マネージャーが血相を変えて怒鳴りこんでくる。「ほんとにどういうことでしょう。うちはめちゃめちゃですよ」と、しっかり者の日本婦人は嘆く。白い制服のボーイたちの手足も、うす黄色く溶けた漆喰《しっくい》の色にまみれている。「今日はかんべんしてあげます。もう一度こんなことがあったら、事務所は閉鎖してもらいます」と宣告して、彼女はレストランへ戻ってゆく。そのレストランにも、ほとんど客はないのだ。

その一日だけは、夏女士も黙りがちだ。二、三日すると博士と私を同道して、ゼスフィールド公園へ行く。われわれをお附きにした彼女は、得意気に緑の公園を歩きまわる。紅白粉も濃い彼女は、日本人男性を案内する西洋婦人にでもなったつもりで、一般市民など眼中にせず、ほがらかに清遊を楽しむ。「いつかお願いしたあの男のところへは、北京語の講義に行っていますか」と、博士がたずねる。「ええ。行っていますよ」と、折角の気分を害されたように、彼女はそっけなく言う。

　阿部知二は、まだ上海に残っている。そしてキリスト教大学へ通って講義を続けている。自由主義の文学者として、阿部さんの人気は衰えない。いつも若い女性が彼につきまとっている。兎の毛のついた真白い上衣を着た、兎そっくりな少女などは、うっとりとして阿部さんの顔を眺めている。だが、阿部さんの所持金も残り少なくなっているらしい。「なんだい。ぼくを内地から招んでおきながら、国際文化振興会の奴らは何にもしてくれない」と、私の居室を訪れた氏は、不平をぶちまける。振興会の上海支部長は「そんなこと言ったって阿部さん、困りますよ」と、なだめすかす。

　私は、無理算段して買いととのえた、ウォツカの瓶と新聞紙にくるんだ豚の内臓のコマ切れをとりだす。

「まだ、東方文化協会の方がましだよ。振興会の方ときたら……」と、九州男児にからんでいる。彼は大学の卒業論文にキェルケゴールの宗教哲学を選んだ男である。「死に至る病」と現在の仏教信仰が、どうつながっているのか、話し合ったことはない。彼の窮状をよく承知している私は、ただ、阿部さんの泥酔するのを待ちうけている。どうせ、二人とも泊りこむのだ。明日の朝、客をホテルまで黄包車《ワンポーツ》で送り届ければいいのだ。二台雇うことは難しいだろう。一文無しの九州男児の方は歩いてゆけばいいのだ。

博士邸には、内地から、命からがら、博士の親友の細君が辿《たど》りつく。薬問屋を営んでいる老人は、愛妻と再会できたのを、眼を細くして喜ぶ。「そうかい。そうかい」と、妻の報告を聞いている。「もう、日本も駄目ですわ。みんなそう言っています。宮城も焼けました。増上寺もやられました」と、彼女は訴える。久しぶりで海を越えて、老夫に会えた嬉しさで、ひどい災害の模様を話しながらも、その声は弾んでいる。聞いている男たちは、誰一人顔色を変えない。

この正月、博士邸の庭の芝生で、親友たちと博士が、三日三晩飲み続けていたのも、その予感のせいだったかもしれない。上海の状況は、まだそれほど変っていない。もし変化があったにしても、新聞には発表されない。

ただ、郊外の製靴工場が爆撃をうけた。それを私は博士の口から聞き知っている。東亜同文書院の学生が、勤労奉仕でその工場に通っている。博士はさすがに緊張した。「うちの生徒は無事だったんだ。だけど、イタリヤ人かギリシャ人の労働者が数名やられたらしい」と、博士は私に告げる。

イタリヤ人とギリシャ人は、びっくりするほど仲がわるい。どうしてそうなのか、私にはさっぱりわからない。第一、そんな遠方のヨーロッパの労働者が、どうしてこの上海に流れこんでいるのだろうか。ゆきつけの飲み屋で、しばしば私は彼らと会う。すると、イタリヤ人はギリシャ人の悪口を必ず言う。「イタ公」「ギリシャ野郎」、同じ靴職人なのに、不倶戴天の敵のように口汚く罵る。沈欝な面持ちのロシア人にも会う。赤系か白系か、黙っているが、彼らはたった一杯の酒を、のどの奥に投げこむようにして、あっさりと店を出て行く。赤も白も上海に居住することだけは許されている。

火野葦平のラジオドラマ「怪談宋公館」の放送を聴いたのは、何ヵ月前だったろうか。それは、大きな屋敷うちで起った、哀れな中国女性の運命をものがたる。いじめぬかれた彼女は、悲しい運命に耐えかねて、ついに自殺する。彼女の死後、夜な夜な泣くが如く、むせぶが如く、公館のどこかで胡弓の音が流れる。火野氏はたしかにその胡弓のひびきを聞いたという。

胡弓の伴奏が効果的で、そのラジオドラマが忘れられない。

私は、宋公館ならぬ哈同《ハードン》花園に散歩に行く。花園の入口には、補充兵らしき兵士が衛兵に立っていて、自由に中へ入れてくれる。高い塀で囲まれた内部は、空気の流通がわるいのか、なまあたたかく湿めっぽい。街路にはない匂いが漂ってくる。手入れをしない広大な庭は、野草の茂るにまかせてある。ドクダミの目立たない花が、蛇苺の赤い実の傍らに、ほの白くひらいている。バナナの樹は破れさけた大きな葉を垂らして、小さな実が、もぎとる者もなく茶褐色にしなびている。木造の中国式の建物も、住む人もなく遺っている。富豪ハードン一家は死に絶えている。いつ、なんで、そのような不幸が一家を襲ったのだろうか。小新聞は、面白おかしく怪談めいた噂を伝えている。「怪談哈同花園」を私も書きたいな、と思う。もちろん、そこでは胡弓は聞えてこない。

私たちの、西洋菓子によく似たフェアリーランドとよばれる事務所の、四階の屋根裏部屋をくぐりぬけると、塔に昇れる。使用されていない塔からは、四方がよく見渡せる。ほど近い哈同花園も眺めることができる。私の空想は、とめどもなくのび拡がる。

或る日、一つのトランクが、そこで発見された。トランクには女の衣裳が詰めこまれている。厚いのや薄いのや、詰めこまれた衣類は、ずたずたに切られている。裁縫バサミか、ナイフか、執念をこめて切り刻まれている。誰が、わざわざ、高い塔まで持ち運んだのだろうか。犯人は女性にちがいない、と私は思う。事務所の連中も面白がって騒いでいる。私は事務所に出入できる、さまざまの女性たちの性格を思い浮べる。

林《リン》小姐、王媽《ワンマア》、Ｅ君の恋人の白系ロシア婦人、東方文化協会の男の職員たちの恋愛の相手、夏女士や藤野、博士夫人？　まさか、そんなことは……。誰か一人の女が、ほかの女を呪って、わざわざ、そんなことをやってのけたのだ。女性の復讐の現場に立ち会ったことは、私にはない。上海に就職して以来、女ッ気のない毎日を送っている私が、どうして、そんな激しい色事を探りだせるだろうか。

或る夜、私は奇怪な夢をみる。

ダブルベッドに横たわった私は、何かに驚かされて、暗い夢の中で眼をひらいたらしい。三階の夏女士が、いつのまにか、誰かに殺されたのだ。彼女の屍体は、私の頭上で宙に浮んでいる。どうして、私の体の上に彼女が落下してこないのか。階上も階下も電灯が消され、真ッ黒い闇が充満している。彼女は外出しているはずだのに、その死骸だけが残されているのだ。彼女自身は、ほかの場所に生きていて、死んだ彼女の肉体のかたちを真似したように、屍体は平気で宙に存在しているのだ。

軽やかに浮んだ屍体には、少しも生ま生ましいところはみえない。私を包みこんでいる物静かな闇。この黒い一枚の「静寂」の紙。その一部が切りぬかれて、彼女の屍体となっているみたいだ。だから、ソレが落ちてくる気遣いはない。

だが、一体、自分が殺されているのも知らずに、彼女はどこを遊び歩いているのだろうか。「あなたが殺されましたよ。早く帰ってきて見て下さい」とは、眠っている私は言いたくもない。彼女は彼女、屍体は屍体で、そのまま放っておいた方がいいのだ。その方が、生きている彼女と、闇の紙から切りぬかれた「屍体」の両方にとって、都合がいいのだ。

彼女の「屍体」は、次第に横ざまに移動してゆく。その真下から、私は何らの恐怖も感ぜずに、それを眺めている。「屍体」には重量がないのだろうか。そんなはずはない。何か、私の気がつかないことが、まだ隠されてあるのだ。人間は、たとえ屍体と化しても有機物であって、無機物ではない。いまに腐臭を発しはじめるだろう。はたして、ほんとうに重量があるのか、ないのか、そのあたりから、はっきりしてくるだろう。「屍体」が、柔かいのか、硬いのか。手をのばして、それを私は確かめようとする。やっぱり実体があるじゃないか。どう取り違えたところで、夏女士の屍体は彼女自身のものであり、ほかの人間のそれであるはずはない。だが、もしそうなら、どうして宙に浮いていられるのか。そのうち、私は不意の恐怖につきあげられる。

よくよく調べなければならない。そうだ。いままでは発見できなかったが、彼女の屍体が落下しないように支えているのは、世にも不可思議なベッドだったのだ。むずむずするほど密集した虫で出来上った、黒檀に似た寝台なのだ。しかも、その虫類は全部螢なのだ。螢特有の赤い尻と頭部が、ありありと見てとれる。螢たちは重なり合い、連なり合って、まだ蠢いている。かすかな、かすかな音が、彼らの集団の中から湧き上ってくる。耳をよくすますと、黒い寝台は彼女を下から支えながら、彼女を食べていたのだ。もう彼女の内部は、すっかり虫たちに占拠されている。脳も臓腑も、すべて喰われてしまっている。螢たちに、そんな働きがあったのだろうか。きっと、万年も億年も前から、彼らは、その習性を続けていたのだ。それほど沢山の螢が、この上海のどこに棲息しているのか。

その気味わるい寝台から逃れようとして、私は街路を歩く。夢遊病者の如く、のろい足が宙を飛んで、一直線に或る地点に私を導いてゆく。そこが、哈同花園であることは、わかりきっている。

夜の廃園はひっそりと私を待ちうけている。荒れはてた庭の光景は、いつもとは、まるでちがう。薄あかるい光が花園を覆っている。何か亡霊の宴会でも催されているのだろうか。人声ではない、ほかのざわめきが、そこに充ちている。人間には相談なしに、上海中の螢がそこに集まっているのだ。その秘密を知っている者は、私のほかにはいない。私だけが、その集いに招待されているのだ……。それは、晴れがましいが、また怖ろしいことだ。そして、虫どもの宴会は消え失せる。

藤野は私の個室にもやってきて、ベッドの上で物欲しげにとりとめもない話をする。「いつも夏になると甲子園の中等野球を観に行ったわ。そして一晩騒いで帰ってくるのよ」と、少女時代をしのんで感慨にふける。

王嫣はYさんによばれたのか、ときどき階下に姿をみせる。藤野がきたせいか、彼女は、よそよそしくとりすましている。

「配給のビールがあったはずだろ。出してくれよ」と頼んでも、知らん顔をしている。

やがて藤野を送って私たちは外出する。静かな裏道には、アカシヤの花が盛りなのだ。彼女と並んで歩いていると、中国青年が口笛を吹く。よおよお、御両人、と言いたげに、はやしたてる。われわれは、人気のない裏道のまた裏道を歩いて行く。突然、私は激しい怒りを感じる。そして出来るだけ乱暴に彼女に接吻する。そして、すぐ首をそむける。

「あんたって、案外、悪人ねえ」と、鼻白んだ彼女がつぶやく。

それでも彼女は私から離れずに、なるべく繁華街に歩を進めて、何か奢ってくれようとする。

E君には新しい女が出来たらしい。それは中年過ぎのドイツ婦人なのだ。ナチの支配するベルリンを逃れて、この上海で酒場のホステスを真面目に勤めている。パスポートを落した彼女は、あわててE君に頼みこむ。E君は帯中尉にひと言話して、わけなく証明書を貰いうけてやる。彼女はE君に感謝する。パスポートなしでは、一日も暮すことはできないのだ。

理事長の旧友が上海に着く。なつかしい新聞社の同僚を歓待するために、理事長は気前よく札束を私に預ける。客をたのしませるためには、E君が適当の場所を探してくれる。いつのまにか、私の見知らぬ一軒の酒場に三人は入って行く。数名の西洋婦人が酔っぱらって私たちにしなだれかかる。ロシア人かユダヤ人か、私には判断がつかない。外部からみると平凡な住宅にすぎないが、その狭い部屋には客が充満している。ドアーをあけると、そこには、フランスの水兵が立ち番している。ヴィシー政府か、ドゴール系か、ともかくフランス人が上海にいることはたしかだった。「フランス敗れたり」というベストセラーも私は読んでいる。外に出た私は、水兵にぶつかった。フランス男は勇敢に日本人の私を咎める。私をなかなか放そうとはしない。「何か、もめごとですか」と、支那服の通行人が近寄ってくる。それは、支那人に扮した日本の憲兵なのだ。憲兵は絶えず日本人を危険から守ろうとしている。日夜、任務に励んでいるのだ。

酒場を出た私たちは、白系ロシアのレストランによろめいて行く。客の少ない広いレストランの中では、年老いた白系の元将軍が、われわれに乾盃する。さまざまなザクスカ（前菜）が、テーブルに運ばれてくる。それだけでも満腹なのに、素晴らしく立派なトンカツが、あとに控えている。食べすぎた私は、苦しくなって吐き気を催す。そこには、ロシア婦人を妻にもつバレエのマネージャーと、男性ダンサーが、待ちかまえていたように、椅子に腰かけている。私は吐く。とめどもなく、多量の胃の中の食物を、ところかまわず吐き散らす。

「もう、白系の天下は終ったな。赤系が勢いを増して、自由気ままにのさばりはじめたのだ」と、私は思う。

フランス租界には、プーシュキンの銅像が建っている。E君は私にそれを見せるため、わざわざ、連れて行ってくれる。祖国を追いだされた白系ロシア人は、乏しい金を集めて、祖国の帝政時代の詩人の胸像を、そこに祀ったのだ。死してなお若々しいロシアの代表的文学者の口には、煙草の吸殻がおしこまれて、くわえさせられている。

白系ロシアの惨めな酒場のドアーを押して、気易く入ったE君の顔を見ると、家族たちはいっせいに「プーシュキン、プーシュキン」と叫ぶ。バーと住みかを兼ねた狭い部屋はいつも暗い。客が大声をあげると、中国人巡警が夜間営業を取り締ろうとして耳をすます。だから、ロシア人一家は、ひそひそ声でおびえている。たった一つの寝台で、どうやって家族たちは夜を過すのだろうか。頭の禿げあがったおやじさんが、いつもベッドを占領して寝そべっている。E君から着古した上衣をもらった息子は、とくに、われわれを歓迎する。痩せ衰えた主婦は、小さな鍋に少しの油を入れて、ペロシキ（肉入りまんじゅう）を揚げてくれる。われわれは起き上ろうともしない主人を「レーニン」とよびならわしている。

あまりパッとしない日本のプーシュキンと、ミイラの如く横たわった「レーニン」は、ぼそぼそと語り合う。

私たちのゆきつけの中国式の酒屋には、いつも中国人の父と娘が店番をしている。でっぷりと肥った娘さんは、神田の神保町にもいたことがあるという。その小さな店で、細長い板の椅子に腰を下ろして、私たちは、酒に漬けてつやつやと光るにんにくを、おつまみに出してもらう。

歌

年中無休の事務所が、ひっそりとした午後、Yさんは私に語った。

「中勘助って知ってる？　知ってるだろ。俺、あいつのうちの玄関番をしてたことがあるんだ。潔癖つうか、きれい好きつうか。俺は驚いたね」

「『銀の匙』を書いた人だろ、上品な。戦争になってからも、あの人の本は出版されているよ。『提婆達多』とか『鳩の話』とか、覚えているよ。夏目漱石に可愛がられて出てきた人だろ」

と、私は記憶をたどりながら言った。

「そうなんだ。文士でも、あんな気難しい男は、めったにいないんじゃないか。奴さんの兄貴が子爵の娘かなんか嫁にしてね。岐阜の士族の生れだ。その嫂が弟のうちにあらわれたけど、まあ、上品というか、おっとりしているというか。俺は諏訪湖のあたりでタクシーの運転手をやってたような男だろ。プロレタリアートではないけど、下賤の生れだよな。その兄貴は医者だったんだ。ドイツに留学して帰ってきてから九州帝大の教授になったりしてね。そいつが脳溢血で倒れてからは、勘助は嫂の面倒をみたりして苦労したらしい。なにしろ、武田信玄の家臣に、めっかちでチンバの山本勘助がいただろ。勘助って名前が俺はおかしくておかしくて。もしかしたら嫂に惚れこんでいたのかもしれないんだ」と、いまでもおかしくてたまらないように、Yさんは話す。「俺は文学芸術には無縁の人間だ。だから文士の気持はさっぱりわからんねえ」という口癖を正直にくり返した。だが、はたして文士が文学を、学者が学問を、真に理解しているや否や、私は依然として五里霧中をさまよっていた。

Yさんと E君は仲直りをしたらしい。両方とも相手の悪口は言わない。

事情通の夏女士が私に言う。

「王嫣はともかくとして、経理室で働いているあの小娘も、Yさんとできているらしいよ」

女士の恋人なるものにも、私はお目にかかった。それほど美男子ではないが、彼女より年下であることは確かだ。彼女は手に入れた若い恋人を手放したくなくて、まめまめしく世話を焼いている。その切ない心情が、私には痛いほどよくわかる。私の頭上の彼女の部屋にも、彼が泊りにくる。

「もしかしたら、胡さんは温州の知事になるかもしれないのよ。どこにも安全なところなんかないんだから、このまま上海にいればいいのに。だけど生活が苦しいでしょ」と、彼女は打ち明け話をする。

大陸の地方都市の長官になって赴くような手腕のある男とは、どうみても胡さんは思えない。辺鄙《へんぴ》な小都市の長官ともなれば、収入《みいり》は多いだろう。その代り、治安はひどく悪くて、いつ、どんな新興勢力が攻めこんでくるかわからないのだ。

或る日、見馴れた紙幣を私の目の前に差し出して、彼女は言う。

「よく見てごらんなさい、このお札の模様を。それには細かい番号やローマ字のほかに、蚊みたいなものが印刷されているでしょ」

極度の近眼の私には、その複雑な絵模様のどこに、どんな秘密が暗示されているのか、見届けることは出来ない。

「そのお札には、印刷工がひそかに工夫をこらして、暗号が記されているのよ。それには和平政府に反対して、抗戦政府が早く戻ってきてくれればいいが、という気持がこめられているんだって。日本人にはわかりっこないけど、中国人ならすぐわかるわ。それから『何日君再来《ホーリーチユンツアイライ》』っていう流行歌ね。いつ、あなたは戻ってくるの。その、あなたというのは、蔣介石ね。汪兆銘のことではないわよ」と、得意そうに彼女は告げる。それは彼女の思い過ごしだ、と私は思う。反抗するつもりなら、方法はいくらでもあるはずだ。第一、あの流行歌は、男を憶う女の気持を歌ったものにすぎない。

その紙幣の市場価値は暴落しつつある。銀行からおろしたての新しい札の束を荒縄でくくって、剝出しのまま、三輪車《セリンツオ》に揺られ、道を急ぐ上海商人の姿もみかける。

事務所では昼食を支給しなくなった。王嫣は米の配給をうけとるときだけ姿をみせ、炊事はしない。張青年も食事の品質について、とやかく言う必要がなくなった。私はバンド(黄甫灘《ワンプータン》)にある大陸新報社へ、昼めしどきに通うことにする。そこからは、広い河幅にたっぷりと湛えられた黄色い水が眺められる。私のまだ行ったことのない対岸の工場街は、おぼろげに霞んでいる。

新聞社の食堂では、社員にだけ米の飯と茶が出る。二、三時間、校正の仕事を手伝えば、無料で食事にありつける。大陸新報の編輯長は、改造社の「大魯迅全集」の監修者、翻訳者の一人である。彼は、私の名を知っているので、私のさもしい要求を聞き届けてくれた。一度だけ、協会のT氏がぶらりと現われ、いつのまにか新聞社の職員のように、校正に励んでいる私の姿を不思議そうに眺めていた。別に文句は言わない。O博士も、しばしば事務所を留守にする私を、とくに監督しようとはしない。私を取り締る規則も規定も秩序も消え失せてしまったようだ。

バンドと事務所の間を往復する私の自転車は、しばしばパンクする。タイヤが熱く溶けたアスファルト道路に吸いついて動かなくなる。パンクの破裂音は聞えないのに、空気が抜けてしまうのだ。自転車の修理屋は、いくらでも並んでいる。みんな洗面器に水を入れて、激しい日光の下で客を待ちかまえている。彼らはタイヤを外して、ゴムチューブを調べる。人肉のようにうす赤いチューブは、洗面器の水につけられ、彼らの手でいじくられているうち、やがて泡がふき上る。彼らは「ここですな。ホラ、わかりましたぞ」と言いたげに、私を見上げる。やがてゴムの一片をその部分に貼りつければ、それでお終いだ。

五分ばかり走らせると、また自転車の動きが妙になる。どうも危なっかしい修理だな、と思っていたが、やはり空気がきれいに抜け失せている。私は、また一人の修理屋の前に立ちどまり、自転車をさしだす。彼は気軽にタイヤを外して、赤いチューブをとりだす。またもや洗面器の水の中で、それを揉みほぐす。どこからかプクリと泡が浮び上る。彼は上機嫌で、私の顔色をうかがう。またしてもゴムの一片がペタリと貼りつけられる。修理代はびっくりするほど安い。自転車で通行する市民の数は減ることはないし、いずれも、私みたいに簡単に追い払われて去って行くからだ。

事務所に帰りつくまでに、三人もの修理屋に御厄介にならなければならぬこともある。どの修理屋も真ッ黒に陽焼けして、うす汚れた服を着てしゃがみこみ、私を迎え、そして見送る。みんな、まるで、兄弟親族のようによく似ている。

「白蛇伝の芝居が今年も興行されるだろう。今年こそ端午節には、あの面白そうな芝居を観てやらなくちゃ。一流の劇場でなくてもいい。ともかく白蛇伝を」と、そればかり思いつめている。大蛇をひねくりまわしている男の絵看板や写真が掲げられている。細工物か、それとも生きた大蛇か、入ってみなければわからない。ともかく、大蛇がこの上海で観られるということが呼びものなのだ。

映画館では、あいかわらず「密林怪人ターザン」が人気をよんでいる。どうして中国語に翻訳されると「泰山」の二字にまとまってしまうのだろうか。ターザン第二世か第五世か、ともかく白人が扮したアフリカあたりのジャングルの豪傑が、子供や商店員たちに愛好され、一年近く活躍しているらしい。

「どこか、いい芝居小屋の切符を手に入れたいんですが。白蛇伝が観たくてたまらないから」と、夏女士に相談する。

「だめだめ」と、彼女は、すぐさま首を横に振る。「藍衣社の親分や、ほかの大親分や小親分が、みんな買占めているのよ。上海の親分たちの話、あなたも知ってるでしょ。青幇《チンパン》、紅幇《ホンパン》とか、いっぱいいるでしょ。切符を買占めて、また売りに出すのよ。わたしは、あんなもの観に行きたくないわ。旧式の芝居は、みんな大嫌い。いつかアメリカ映画『風と共に去りぬ』を観たわ。ああいうものなら大好きだけれど」と、頭のよく働くヒロイン、スカーレット・オハラを我が身になぞらえて、思い出す様子だった。

二通の電報が、事務所の私のもとへ届けられた。ほとんど同時であった。

北京からの電文は「アカオセツレイシス」、東京からの電文は「アカオヨシコシス」である。

私の母方の従兄は、赤尾姓である。母一人、子一人、毎年出水で悩まされる深川の貧乏寺に育った。病弱だが負けん気の青年であった。仏教大学を卒業した彼は、書道の達人だった。その書の先生は、いま上海に来ている。商売のうまい書道家は、弟子の雪嶺を大切にして面倒をみたので、展覧会にもしばしば入選していた。雪嶺の号も先生の一字をもらったものである。

彼は檀家には人気のある美僧だった。彼が宗派のちがう天台宗、しかも浅草寺の一門からお嫁さんをもらうと、檀家のお婆さん連中は「やっぱり結婚なさったのね」と、がっかりした。

彼は外語学院の夜間部に通って、支那語の免許をとった。私の支那語より、もっと危なっかしいものではあったが、陸軍では多数の通訳を必要としたので、彼の資格も目をつけられた。

新聞にも大きく報道された熱海事件なるものがあった。共産党の中央委員や地方幹部が、熱海の温泉宿に、それぞれ変装して、会社の慰安会を装って集会したが、包囲した警官隊によって、一人残らず逮捕されたのである。共産党は何度も再建されたが、すぐ潰された。壊滅状態のもとで、何とかして運動を続けようとする人々の苦しみは、はためにも痛々しかった。その事件で検挙された中央委員の一人と、彼は連絡をとっていた。そのとばっちりで留置場入りをした彼は、なかなか白状しなかった。彼もまた、一種の健気で哀れな左翼くずれである。

スキーや登山が好きで、いつも私を連れて行った。若いに似合わず老成している彼は、仏教の儀式を行なうのが上手で、信徒たちは本堂の中央に静々と歩み出る彼の姿に惚れ惚れとした。

徴用された彼は、少尉待遇とかで、腰に軍刀をぶら下げていた。彼の母親は「あの子は、ただの兵隊じゃありませんよ。なかなか待遇がいいらしい」と、元上等兵の私に、嬉しそうに告げた。北京からの彼の手紙は、彼の日常をくわしく報告した長文であった。左翼くずれの彼が、いまや宣撫工作の要員として駆り出された皮肉な運命と、戦線に潜りこむ苦渋とを語っていた。

「中国共産党の勢力は、予想外に拡がっている。ひどいものだ。ともかく、手がつけられないほど、ひどいものだ」と、彼は書いていた。「毎日、支那語の勉強がきびしい。教官は『お前らの支那語はなっとらん。それでは、すぐ日本人だと見破られてしまう。まあ、一年はみっちり仕込んでやるからな』と叱りつける」と、自己の感情をひた隠しにして、真実を何とかして私にさとらせようとして苦心していた。その彼が急死したのだ。死のまぎわの彼が、どのような思いにとらわれていたか、私には想像もつかない。

私自身の中国共産党に対する知識は、すこぶる貧弱であった。江西省の瑞金に赤色農民軍の根拠地が出来上ったことは「プロレタリア科学」の支那問題研究会の刷り物などで、わずかに知っていたが。

広東省、湖南省、湖北省、四川省等に散在して、国民党軍を悩ました共産軍が、手きびしい包囲にあいながら、どうやって西北へ脱出していったか、殆ど知らなかった。朱毛の共匪を殲滅しつつある、という国民党側の景気のいい解説は、日本の新聞にも、いくらか報道されていた。

日本陸軍の情報部は、私などの想像できないほど、赤色勢力の動向について、詳細に調査研究しているらしかった。

留置場入りをするたび、胸に自分の名札をかかげ、顔写真を撮られ、謄写版インクに似た墨を五本の指に塗って指紋を押し、警視庁の倉庫かどこかに、その二つを保存されている一人の男。歯牙にかけるに価せぬ小物。それでも私は用心深く、ちっぽけな自分の過去を、できるだけ表面に出さないようにしていた。「支那の共産勢力？　そんなものが、いまどきあるんですか」と、無関心の素振りを示すことにしていた。第一、その種の質問を私に発する馬鹿はどこにもいなかった。日本と中国は戦っていた。国民党であろうと、共産党であろうと、目下のところ、敵はあくまで敵なのであって、どっちが勝とうが、私の知ったことじゃない、という政治的ノンシャランこそ、わが身にふさわしきものと心得ていた。

従兄の死の事情は、たまたま北京に行った書道の先生が上海へ戻って、くわしく話してくれた。「丁度、彼の所属している部隊に行くと、お葬式が行なわれていてね。チブスにやられたんです。白木の箱に入って祀られていましたよ」と、さすがに憮然とした表情で告げた。

彼の妻、淑子の方は、夫の死を知らないまま、息をひきとっている。もちろん、夫も彼女の死の前後の事情は知る由もない。彼の母親は一挙にして最愛の一人息子と嫁を失い、二人の孫を遺されたのだ。

理事長は、ときどき高笑いをしなくなり、そわそわした。そんなときには、たいがい、内地の「大物」が上海へやってくる予定だった。さまざまのルートが東京と大陸の間に通じているらしかった。それらは、××工作という名で、それを企む人々の間だけで、こそこそと相談され、実現しかかるかと思うと、たちまち沙汰やみとなるのであった。

或る日、彼は「Mさんが、とうとう来るぞ」と、私にささやいた。M氏は姓こそ違え近衛首相の実弟である。尾崎秀実は「超スパイ」として、すでに検挙され、そのニュースは日本国民に衝撃を与えていた。処刑された尾崎は、近衛のブレーントラストの最も有能なメンバーである。かねがね、近衛の知能的顧問の一人であった、とほのめかしている理事長が、どの程度に尾崎と深い関係があったのか、なかったのか。もちろん、彼は言葉を濁して「お前さんが察したければ、いいように察するがいいんだ」と、言いたげであった。

ともかく、重要人物が到着する時間には、ほかならぬ彼が飛行場へ駈けつけることは、わかりきっている。彼が待機している間、彼は中国の青年「実業家」から大型の外車を借り受けて、いつでも乗れるようにしてあったのだ。

金のあり余った、若いつやつやとした「実業家」とは、私とE君も面識があった。理事長だけを招待した小宴会であるにもかかわらず、他人の金で部下を喜ばせることの得意な彼は、E君と私、それに林小姐《リンシヤオチエ》やYさんまで連れておしかけた。「実業家」は、とんでもない人数に増えてしまったわれわれを、それでも愛想よく迎え入れた。招かれざる客となることには馴れきっている。中華料理のテーブルは、客がぎゅう詰めに坐れば融通が利く。しかし、あんまり理事長のやり方が露骨になると、料理もうまくはなかった。

「今日はゆっくりとドライブしてみようや。どこか行きたいところあるか」と、E君が私にたずねた。

「上海中、どこでもいいのか。俺は知らないとこだらけだよ」と喜んだ私は、見たこともない豪華な車に乗りこむ。制服制帽の中国人の運転手がついていた。いざ乗ってみたものの、E君自身にも行先はよくわからない。東西南北、フルスピードで走りまわる車のシートに、できるだけ大人《たいじん》らしく寄りかかっているわれわれ二人の眼に、さまざまな色彩と形式の街のはじまり、街のなかほど、街はずれ、その外側の田園風景、また工場街らしき光景、その裏道のくねくねと曲る見馴れない町々が掠め過ぎる。ぐるぐると同じ場所を何回もまわる錯覚におちいる。ガーデンブリッジを渡って、蘇州河を越え、日本人租界に入る。しばらく行ったことのない、居留民の住みついた、狭苦しい汚ならしい道路を何本もつき抜けて、またひき返してくる。蘇州河には、棺桶を積んだ船、汚物を運搬する船、船頭の家族を乗せた船が、動きもならず混み合っている。バンドに出る。豪勢な車上にあって、わがまま一杯に顔にうける川風は気持がいい。たちまちにして、車は上海の外郭に、とてつもない広さで拡がる泥土と農作物の地帯を走り続けている。戦地ではよく見かけたが、上海にきてからは、お目にかかったことのない農夫の姿が見える。彼らは、しゃがんだり、立ち上ったり、犂《すき》を牛にひかせたり、三本の刃のある鍬で田畑の泥を掘り起したり、灌漑の具合を調べるため、用水堀を覗きこんだり、灰色の壁の農家から出てきたり、主婦や子供たちと話し合ったり、何か、しきりに食べていたり……。

上海は広いのだろうか。それとも狭いのだろうか。

やがて、車は事務所に戻った。

「君たち、どこへ行ってたんだい。困るよ。飛行場へ行かなくちゃならないんだ」と、腰を浮かせた理事長は、腕時計と、われわれののんびりした顔つきを、呆れたようにみくらべた。

よく晴れた或る日、田村俊子の急死を知らせる電話が事務所にかかった。「道でね、三輪車《セリンツオ》か黄包車《ワンポーツ》の上で意識不明になったらしい」と告げる詩人の声は、かすれていた。四馬路《スマロ》か五馬路《ウマロ》か、激しく照りつける街路の陽光は、めくるめくばかりだったであろう。そのまま、彼女を乗せた人力車は走り続けたのだろうか。「女一人、大地を行く」という題名の翻訳書を、私は思い出す。すさまじい、あっけない、もう彼女はどこにもいない。

彼女の葬儀には、私は出席できなかった。坊主である私は、葬式ずれしているので、死後の儀式なるものを軽んずる癖がついていたのかもしれない。

たてつづけ、といった感じで、林小姐《リンシヤオチエ》のお父さんが死んだ。黒いヴェールを垂らした彼女とその母親、友人代表として黒服を着た協会のT氏、斎場の華やかさがきわだっていたのは、上海式の楽隊が音楽を奏していたからだろうか。事務所の連中は、みんな手伝いに行く。何をどう手伝ったらいいのか。小姐《シヤオチエ》の父親は、売れない画家として、雑音と湿気に包まれ、ひっそりと埋もれるようにして死んでいった。

二人の遺族、同じような喪服をまとい、同じように下うつむいている、同じように小柄な母と娘は、そのまま上海の暑熱と土埃りの中に消え入らんばかりに、無力にみえた。その無力さを何とか支えようとして努力している小田理事長は、日本人ばなれした顔だちも一段と立派に雄々しくみえるので、彼女たちの孤独が、それだけ色濃くなるのであった。

中国人T氏の方は、いつも通り、頼りなげな長身に、野暮ったい背広を窮屈そうに着こんでいた。親友の葬儀に列席した彼の感慨は、ひとしお深いものであったにちがいない。彼にも（私は会ったことがないが）日本人の妻があり、混血の男の子が二人いるはずだ。しかも、林《リン》小姐《シヤオチエ》とT氏の息子たちは幼馴染だということだ。

だが私は、依然として白蛇伝にこだわっていた。芝居を観る前に、そのくわしい内容を知りたかった。王嫣はいつか「紅楼夢」の石印本を手にしていたことがあり「わたしも文字が読めますよ」と、私に知らせようとしている様子にみえた。だが、その彼女もうまく説明できなかった。「白蛇伝」なるものに関する研究が発表されたことは、私の知る限り、日本の学界には一度もなかった。

とにかく、汗をかきかき、市民や子供たちの熱気でむんむんする劇場で、それを観ることができた。座席をかき分けて出入するボーイさんが、熱いタオルを客に投げてよこす。お茶の葉の沈んだガラスの容器に、何回でも湯をそそぎ入れてくれる。子供たちは、南京豆、瓜子児《クワズル》その他、絶えず口に放りこんでいる。大人は、遠慮なく舞台に向って掛け声をかけ、手鼻をかみ、通路につばを吐き散らす。

大蛇の胴体を腕にからませ、捧げ持つ形で逞しき男が出てくる。極彩色の錦蛇らしきものは、ひどくくたびれていて元気がない。蛇の体は油を塗ったようによく光る。男が首に巻きつけたりしても動こうとしない。重い蛇をとり扱う男の肌も、汗で濡れている。

いよいよ劇がはじまった。どうやら俳優はみんな子供らしい。子供ばかりの劇団が組織されているのだ。だが、大人に負けぬほど達者な芸人ばかりである。

「遊西湖」「水門」「断橋」「水漫金山」「雄黄酒」「水淹金山寺」など、面白そうな外題《げだい》を書いた紙が貼られている。

水に関係の深い芝居だな、と、だんだんとわかってくる。やがて、児童俳優たちは、いっせいに跳ねまわりだした。前後左右から見事なトンボ返りをうって、互いに跳びちがう。ドラの響きが強まるにつれ、彼らの動きは速くなるばかりだ。「よくぶつからないものだな」と、感心する。

よく眺め入ると、彼らはみんな水棲動物に扮しているのだ。そして、白蛇の味方なのだ。法海和尚の法力に対抗するために、みんな水底から加勢にきたのだ。だから、虫類や魚類の身でありながら、必死で戦わねばならない。したがって、立ち回りは長く激しく続く。端午の節句は、夏が近づくにつれ活躍しだす、人間に害のある虫たちの働きを封ずるために、人間の考えだしたものだ。鍾馗様や菖蒲湯、軒にさしたヨモギ、すべては虫たちの邪気を払おうとする。蛇も虫類だ。白娘《パイニャン》と青娘《チンニャン》は、ありとあらゆる虫類の指揮官である。疲れを知らず、舞台いちめんに、踊り上り、騒ぎまわる児童役者の身動きは、いかにも健気である。その健気さは、虫たちの命がけの勁い生き方と通じ合っているようだ。法海輩下の怪物たちと、白娘《パイニャン》の命令に従う虫たちと、結局、どちらが勝ったのか、負けたのか、私にはわからない。ともかく、彼らは充分に戦ってくれた。

私は満足した。「やっと観てきたよ」と、王嫣に告げると、彼女は「わたしも観たかったわ」という様子を、控えめに示した。

「あの話は、結局、蛇の女が人間の男と恋愛したことからはじまったんだろ。許仙という奴は薬屋だったんだ。あんまり能のある男じゃなかったんだ」と、私は彼女の意見を探るように言った。「それから、結婚して二人の間に子供が生まれたんです」と、彼女はひとりごとのように言う。

「何だい。君はよく知ってるんじゃないか」と、驚いた私は、彼女の無表情を装った顔をみつめた。「何れにせよ、面白くて不思議な話だなあ」と、私は昂奮のさめやらぬままに、めずらしく女一人を相手に熱心にしゃべった。「白娘《パイニャン》は夫を愛して、夫のためにずいぶん尽しました。青娘《チンニャン》も彼女をたすけて、よく働きました。それだのに、悪和尚が鉄鉢の中に封じこめて、塔の下に埋めたんです。その塔の名は雷峯塔といいます。そして、最近になって、自然に崩れました」と、巫女のように、夢見心地で彼女は語る。

「あっ、それなら『雷峯塔崩る』という文章で読んだことがある。そうだ。魯迅が書いたんだよ。或る日、ひとりでに崩壊したんだってね。多分、魯迅は何かの前兆として、嬉しがって書いていたはずだ」

「……知りません」と、つまらなそうにつぶやいたまま、彼女は話を終りかける。彼女が魯迅の名など知らないのは当り前なことだ。それで差支えないのだ。

「法海は、ほんとに悪い奴なのかい」と、私はなおもたずねる。「偉い坊さんだったようでもあるがね。だって彼は許仙をたすけるために法力を使ったんだから」

「いいえ、悪い奴です。だって蛇の白娘《パイニャン》はいい人でしょ。普通の女には真似の出来ない立派な人ですよ。わたし、白娘《パイニャン》が好き。法海なんか大嫌い」「たしかに、あの白蛇はいいな。申し分がないよ。だけど、それだからといって、あの和尚が悪人だとはきめられないんじゃないか。ぼくも坊主は好きじゃない。だが、法海には私利私欲がまったくない。おまけに滅法強いんだから。それに芝居には、白娘《パイニャン》の相手方にどうしたってあの坊さんは必要だよ」「でも……」チヨッと彼女は舌打ちした。表情は変らなかったが、彼女の意見は梃子でも動かないらしかった。

東方文化協会の最初の出版物が、ようやくにして刊行された。

一冊は、小泉八雲の「或女の日記」、漢訳名は「一個日本女人的日記」である。英国人ラフカディオ・ハーンの著作を誰が選んだのか、出版主任たる武田先生《ウーデイシイサン》にもよくわからない。予定リストには、むろん理事長や博士やT氏も眼を通す。彼らが賛成した結果だということは明らかだ。私自身は「耳無し芳一」その他の怪談ものや、日本人の人情風俗を紹介した伝説などで、小泉八雲の業績を少しばかり読み知っているにすぎない。

日本語の文章は中国語訳すると短くなる。それ故「一個日本女人的日記」は、あまりにも薄い小冊子だった。八雲自身が書いている。

「細長い十七枚の柔い紙を、絹の紐で綴ぢて、表紙に麗しい文字が書いてあつた。それは或婦人が自分の結婚生活の歴史を自分で書いた日記のやうなものであつた。書いた本人が亡くなつてから、その人の持つてゐた針箱のうちに見出されたのであつた。」

彼女は三十近くまで未婚であった。日記と一緒にあった写真によると、綺麗とはいえなかったそうだ。彼女の結婚した相手は、どこか大きな事務所の小使であった。彼の仕事は主に夜勤で、月給は十円であった。家計のたすけに、彼女は煙草屋の紙巻き煙草を作った。明治二十八年頃のことらしい。

「仮名は中々巧みに書けるが漢字は沢山は知らなかつたので、この日記は小学生の少女が書いたもの、やうである。しかし誤りのない慣れた風に書いてある。（原文ノママ）東京語（市民の通用語）で、癖のある言葉が多いが、下卑な所は少しもない。」と、ハーンは述べているが、漢訳の文章では、なよなよとした仮名文字の日本文の面白味は、もちろん表現出来ていなかった。だが、たとえ漢訳されても、彼女の淋しさや悲しみは、よく伝わってくるように私は思った。そして、協会でこんな小冊子でも刊行することが出来たのを嬉しく思わずにはいられなかった。

「昔から日本の教では悲しい時に歌や詩を作るのは、一番よい薬になつてゐる事を知らせたい。又下層社会に於ても今日でもなほ凡て喜びや悲しみの場合には歌を作ると云ふ事実を知らせたい。この日記の後半は淋しい病気の時に書かれたのである。淋しさの余り気も狂ひさうな時に、重に心を静める為めに書いたのであらうと思はれる。」と、深い思いをこめて、この心やさしき英国人教師は記している。

彼女は、次々と三人の子供を失った。しかも、二番目の女の子は、生れたときから、片方の手の拇指が二本あった。私のとりわけ感動したのは、そのはかない日常生活において、ほんの僅かではあるが、彼女が明るい喜びを見出している点であった。

「十一月九日初めて一緒に芝居へ行つた。赤坂演伎座に行つて山口一座の芝居を見た。

十一月八日浅草寺に参り、それから御酉様にも参詣した。

その年の十二月に夫と自分の春着をこしらへた。その時始めてかういふ仕事の面白い事が分つて大層嬉しいと思つた。

二十五日東大久保の天神様に参り、そこの御庭を散歩した。」と日記は続く。

彼女は折角拵えた晴着を着用しようとしない夫を、つねづね残念に思っていた。「今日は晴着を着ましょう」と、すすめても、その度に夫は「古いので沢山だ」と断った。妹夫婦などとの、ささやかな集りの席に遅れた夫は、待ちに待った彼女の前に、ようやく現われた。しかも晴着を着て……。どんなに彼女が嬉しかったことだろうか。

私は異国の事務所で、刷り上ってきたばかりの本を読みながら、涙ぐんでくる。彼女の歌は上手ではない。それが何だというのだ。

「いくとせもにぎやかなりし氏神の　祭りにそろふ今日の嬉しさ　妻」

「二夫婦そろふて今日の親しみも　神の恵みぞめでたかりけり　妻」

たしかに平凡でまずい。おとなしい、控えめな彼女は、歌を作ることが出来た。貧しさを耐え忍ぶ手段として、歌を作り、日記をしるすことが出来た。ここにこそ、文字、文章、文学の源泉がある。どうして、そんな簡単で大切な事柄を、私は忘れ果てていたのだろうか。「俺は負けたぞ。もう、とっくに負けているんだ」と、私は叫びたくなる。八雲に負けたのか、彼女に負けたのか。もしも、八雲が紹介してくれなかったら、こんな健気な日本女性がいたことも、俺は知りはしない。何でもないようにみえる素朴な文章のちから、和歌の功徳、それを発見したイギリス人の教養、「毛唐」の文化、ああ、俺は一体何をやっているのだ、としみじみ感じる。だが、明治時代のおとなしやかな女、いまだに生きているつつましいひとたち、そして沈黙している人々の柔和な勁さを、誰にも、中国人にも日本人にも、この私が言ってきかせるわけにはいかない。

ケリイ・アンド・ウオルシュというイギリス人経営の書店が、繁華街の中央にあった。いまは日本人の管理に任され、出入する買手の姿も殆ど見えない。由緒正しい老舗らしい。二階まで吹き抜けになった書棚には、ぎっしりと横文字の書物がつめられている。内部の造りが入念に工夫が凝らしてあるように、書物の背表紙も、何れもがっしりと堅牢だった。

東京では丸善の店で「洋書見物」をするのが楽しみだった。買うのは少年向けの「英国文学史」など。それも美しい絵入りの書物だった。コットンペーパーの頁をペーパーナイフで切ってゆくと、えもいわれる香気が立ち昇る。自分が中世や近代のイギリス紳士にでもなったかのようで嬉しかった。人並みに英詩の本も買ったが、その方は少しも詩情を湧かせてくれなかった。

英国文芸に接したいという若き日の夢は、すでに遠のいている。高校の同級生たち、ことに秀才は東大の英文科に入っている。そのうち二人は東京に在住して、文学者らしきものになりつつある。一人は満州に渡り、新聞記者となっている。大声で笑う、いくらか粗暴の気質のある頑健な彼は、おそらく英文学など棄て去っているにちがいない。

掃除のゆき届かない内部は、埃り臭く、倉庫じみている。その光景が、いま第一冊を刊行し得た私の胸によみがえる。あの書店は、単なる東洋の出店《でみせ》ではないのだ。その背後には、ヨーロッパ文明のすべての叡智、実績、詠歎、争い、喜びと悲しみが控えている。

私は迫りつつある運命に身を任せている。だが、歯がゆい、苛だたしい気分は捨てきれない。「一個日本女人的日記」は、少しも反響をよばない。帯中尉に一冊呈上すると「もう貰ったよ」と言われるだけである。E君も、Yさんも、理事長も、興味を示さない。むしろ、同時に発行された協会の事業内容を説明するパンフレットに、自分の名が入っているかどうか、その方を熱心に調べている。

夏女士は「あなたの名の方が、Yさんより先に出ているわね」と言う。中国人職員たちも、パンフレットだけ、何回も読み直しては、自分の名の存在を確かめている。

もう一冊、日本の自然科学者が児童向きに書いた書物が漢訳された。

意外にも、これが妙な反響をまき起した。

いままで一所懸命働いてきたあげくのはて、生れてきたのは子供向きの本である。それが、中国人諸君には不満だったらしい。中国語では子供を「小孩《シヤオハイ》」とよぶ。つまり、問題にしていないわけだ。馬鹿馬鹿しいという批判が彼らの表情に読みとれる。なるほど、上海には子供の読みものなど売っている店はどこにもない。蒼白い顔をした神経質な男などは、本の表紙を腹立たしげに叩いて「小孩《シヤオハイ》の……」と、何度も言って聞かせる。私は無抵抗のままだ。

二人の子供を連れ、博士一人を上海に残して、夫人が日本へ帰りつく。その相談が夫妻の間でまとまった。北上して北京へ出る。それから朝鮮半島を南下して、どうやら内地にたどりつく。どのルートも安全なものはない。海上は危険だし、空の旅は民間人には許されない。多少の苦難は覚悟の上で、鉄道を利用するのが時間はかかっても一番確かだ。

いずれ、博士は綿密な計画をめぐらしているにちがいない。なぜ一家揃って上海にとどまってはならないのか、と私は思う。上海にじっとしていた方が安全無事ではないのか。非常時の旅行は、身一つでも面倒臭い。博士は夫人と同行するのがイヤなのだろうか。私は甲斐甲斐しく荷造りを手伝う。日本租界まで、荷を縛る荒縄を買いに自転車を走らせる。

夫人は何の不平も言わないが、その顔つきは引き締まっている。和服を仕立直した防空演習用のモンペと筒袖の色は、茄子紺である。それが色白の彼女にはよく似合う。頭巾をかぶると女忍者のようにみえる。

自分の旅支度さえ、うまく出来ない私は、汗ばかりかいて、何回も夫人の荷物に取り組む。彼女は首を横に振って、やり直しを命ずる。結局は、O博士がカタをつける。夫妻は二人とも淋しくないはずはない。博士はときどき黙りこんで考えに沈む。

「Oは間違いのない男ですけど、あなたとYさんがいてくれるから気強いわ」と言う彼女の方が、雄々しくみえる。

「あなたには、いろいろ難しいことを言いましたけど、為を思ってよ。楽しかったわね」と、彼女は最後に言う。

霧の濃い朝早く、彼女と子供たちは出発した。博士が駅まで送って行く。「君は今日は事務所にいてくれ給え。外務省から役人がくることになっているから」と、博士は言いのこす。やれやれ、助かった。駅で荷物の運搬をしないですんだらしい、と私は思う。

博士が事務所に現われたのは、電灯が灯ってからである。荷物の搬入が手間どったのか、発車時刻が著しく遅れたのか、疲れきった態度だ。痩せて陰気な役人は、京都大学で博士の同級生だった。別に役人風を吹かせるわけではない。彼が心配しているのは、私やYさん、E君や理事長、つまり系統のわからない男たちが失敗をせぬかということだ。彼の自宅を訪問したことが、私は一回もなかった。本来ならば、着任の挨拶に行くべきなのだ。「まあ、いいだろう。あの男も真面目でいい奴なんだが、気が小さくてね」と、博士は役人の批評をする。今日も監督、督促、警告、その他の理由で来たにきまっている。彼は私がはじめて見る男を同道していた。男は空襲下の日本から着いたばかりなので、ひどく張り切っている。何事かなさねばならぬという意気込みがあらわれている。

「もっと国策に順応した、ハッキリした出版をしなきゃいけませんな」と、彼は役人に申し述べ、われわれの表情をみつめる。いまごろ上海に来て、どうするつもりなんだろう、と、私は考える。たしかに、あの二冊の書物では、一人の敵も殺せない。はたして何名の中国人読者を獲得出来るかも怪しい。どんな火のような主張を含んだ日本国の書物を翻訳刊行したところで、どろりとした水のような上海に吸い込まれ、消え失せるだろう。上海にくわしい外務省の役人が、そんな簡単な事情を知らないはずはない。連れの男だって役人の口から言いきかされているにちがいない。だから二人の発言は、どことなく、お義理で、という趣があり粘りがない。

日本の大半は空からの敵により焼けただれている。食糧も極度に乏しいし、だから、せめて上海に行って、というつもりなのだろうか。必要のない日本人が、突然到来する。

博士邸にも若い男が妻を連れて現われた。三輪車《セリンツォ》で入口まで乗りつけ、いきなり車夫を殴りつけて追い返した。酒癖も悪い。酔うと蒼白くとげとげしくなる。腕力には自信があるらしい。

博士が彼にした約束と、実情はくいちがっているということで、腹を立てているのだ。

「おい。何とかしてくれよ」と、苦笑したYさんが私をよぶ。博士まで殴ろうとして暴れているらしい。そんなことは戦地で何回も経験している。おまけに前線では、みんな武器を所持している。しかし、仲間うちの殺傷事件は案外起らないものだ。階段を駈け上ろうとする彼の前に、私はあぐらをかく。「ぼくらを殴るのはかまわないが、先生に文句を言うことは許せんぞ」と、座禅の形で、かなり大声で彼を叱った。私よりはるかに力のある彼に摑まれた私の体は、前後左右に揺れている。もう一度、読経で鍛えた声を出来得る限り太くして、彼の顔に吐きかける。彼の妻が泣きながら何か叫んでいる。芝居じみたヤクザの素振りを真似しているのは、われながらくすぐったい。

「禅の修行をしたことがあるんですか」と呟いて、相手はおとなしくなる。しばらくして、私の背後に博士が寄り添い「いや、どうも有難う」と肩にさわった。三日ほどで夫妻はいなくなる。


私と同時に下船し、日本租界を案内してくれた、あの頼りなさそうな商人風の小男のことを、私は忘れかかっていた。或る日、彼は土産物を持って事務所に現われた。彼の動作は活発になり、眼配りもしっかりして、最初のときとは、まるでちがっている。「骨董や古書なら、何でも買いますからよろしく」と言い、博士にも紹介を頼んだ。ぎりぎりの土壇場になって買入れた品物を、どこに保管し、どうやって内地へ送り届けるつもりか。彼には日本の敗色など、少しも懸念する様子はない。いよいよ自分の腕をみせる時節がきたという気配である。

「私は書の方が専門ですが、陶器や青銅器も手がけていますから。みなさん、こうなっては欲も得もなくして、早く安全なところへ行きたがっていらっしゃる。そこがつけめなんで。私を能なしと考えていた連中が、同じ能なしになって右往左往しているでしょう。面白くてたまらない。あなたは落ち着いていますな。同じ船で渡航するときから、しっかりした人だとにらんでいた。そうですよね。あんたは何もお持ちであるはずはないが、O先生は上海は永いんだから、いろいろ、あるんじゃないですか」と言う彼には、あくどい趣はみえないで、無邪気な商売熱心だけがうかがえた。

私は博士の研究室に彼を案内した。博士の蔵書はかなりの量にのぼっているので、私自身にとっても、眼の保養になった。密閉された室内には乾いた埃が積っていて、積まれた唐本の頁を開くときに噎せ返る。大学全体が魂もなく裳抜けの殻となったように静かだった。人影は構内のどこにも見えない。宋版や明版を復刻した貴重本は、古書を専門にする中国商人に預けてしまったのだろうか。それでも私は、楽しみながら、ゆっくりゆっくりと珍しい書物を舐めるように眺めている。いつまでも立ち上ろうとしない私の傍らで、彼はおとなしくしゃがみこんでいる。またたく間に一時間、二時間と経つ。私は殆ど恍惚状態である。どこの図書館だって、こんなに自由に閲覧を許してくれるところはない。彼が退屈するのを気遣って、絵入りの木版本の数冊を手渡す。「石譜」「蘭譜」「菜譜」「江南名所図絵」「大清名品集」どれも一日中愛玩していても手放すのが惜しいくらいだ。獣骨や亀の甲に刻まれた文字、それを拓本にして白く浮き上らせたもの。古代の鼎や酒杯、その他用途の不明な不可思議な容器の写真版。いつもとちがい、空腹もまるで感じない。上海到着以来、はじめて学問の世界の匂いを嗅ぐ。久しぶりで清朝崩壊前、民国成立後の学者たちの名を、次から次へ思い起す。王国維、彼は北京の池に身を投じて自殺したのだ。あまりにも純粋な学術愛好心が、彼を生かそうとはしてくれなかったのだ。彼の舅父、羅振玉は京都に来て、永いこと日本の学者たちと付き合って生きていた……。もう夕暮である。彼は辛抱づよい。「眼福」というけれど、それは本当なのだ。古い書物が、どうして身ぶるいするほどの幸福を感じさせるのだろうか。学者になりたいという志は、もうとっくに棄てている。だが、中国にも日本にも学者はいる。彼らが生き続けていることが、私には嬉しい。

「じゃあ、これだけ頂きます。先生の方へは、すぐ挨拶に伺いますが」と言う彼の声も、年代のちがう時間の壁の向う側で発せられたようだ。

藤野から、また電話。「先生からお招きをうけたのよ。行くか行かないか、まだきめてないの」と言う。「だって、奥さんがお発ちになったんでしょ。その留守につけこむようでいやだわ」

「うん、その話なら先生から言いつかっているんだ」「それじゃ、わたし、これから事務所に行く。そこから先生のところへ、二人して電話すればいいわ」と、慎重な口振りだった。

やがて事務所に現われた彼女は、ズボン姿だった。そんな姿は見たことがない。内地では私が出発する頃、女たちがモンペのほかに見馴れぬズボンをはくことが流行っていた。「女のズボンていうやつは、エロチックだなあ。君はそう思わないか」と、高校の先輩が私に言った。彼は大連の高校のドイツ語の先生をやめて、私と同じ場所に勤めていた。私は渡航前から、若い女性の顔や体つきは、故意に見ないようにしている。したがって彼の真剣さにもかかわらず「前がですか。うしろがですか」と、ぼんやりたずねる。「いや、あれは気になるよ。下半身を隠しているようで剝出しにしているんだ」と、彼は慨歎した。内地では女性の服装は、いまどうなっているのか。おそらく惨憺たるものにちがいない。

藤野のいでたちは、いかにも女の武装という感じで、わざとらしかった。

米軍が上海へ上陸するという、根も葉もない噂が街には流れている。そうなれば砲撃と爆撃、一日で上海全市は地上から消え失せてしまうだろう。この上海が瓦礫の街と化す。そして市民残らずは死体となる。私にはそう考えられない。市民の大半も高をくくっている。ただ噂を楽しんでいるだけだ。博士も同意見だ。博士の考え方は、きわめて論理的である。米軍は島から島へと飛石づたいに、日本制圧に成功しつつある。まず日本軍の手足をもぎとり、日本政府の中枢部の降伏決意をうながすにちがいない。京都と同様、上海はそっくり無疵で残しておいた方が、米軍には有利だ。彼らは必要のない限り、単なる破壊は好まない。性急な日本軍でさえ、上海の全面的破壊を企てたことがない。部分的侵略は何回も試みたが、失敗している。まして、米英両国は中華民国の同盟国だ。

「彼らは永い時間をかけ、多額の資本を投じ、フランス人と協力して、租界を美しい街に造り変えようとしたんです。上海の真価を知っているのは彼らであって、日本人じゃない。彼らは、なるほど上海市民の感情を無視して、彼らと中国人をはっきりと差別したよ。だが、日本人は差別どころか、何事も成し得なかったろ」と、博士は憂欝限りないように言う。私は、彼の如く、自分の意見を論理的にたどることができない。ただ、東方文化協会のT氏の的確な言葉を思い出す。T氏は静かに笑いながら私に告げた。

「日本は、やらずぶったくりだよ。くれたのは日本精神だけさ。米英人は、ギブアンドテイクだ」

「上海人はね。破滅が嫌いだよ」と、博士はなおも言う。「玉砕や夭折を何より好まない。持続が好きなんだ」

「そう言えば、江戸ッ子とは気っぷがちがうようですね。むしろ、横浜に似ているのかな。夷人の居留は歓迎する方だし、新開地で伝統はないし、商売も下手じゃないでしょう」「横浜より面積は大きいけれどね。人口もはるかに多い。京都とも似たところがあるんだ。公卿がきても、武士が攻めこんでも、町人が栄えても、平気で生きてるからな」と、師弟二人がいくら論議を重ねても、上海の表情、本心、生理、摂取と排泄は変るはずもなかった。

少女と蛇娘

浅草の花屋敷の向いに、一軒の見世物小屋があるそうだ。少女が、その面白い小屋を発見したのは、何のあてもなく、ただ浅草の写真を撮りに出向いたときである。彼女は並んだテント掛けの店を、端から端まで一軒残らず撮影していった。

真紅の無地の着物、紫地に銀波を描いた着物。おそろしく派手な帯や長襦袢などを売る古着屋もあった。彼女は、その方角にカメラを向けた。とたんに、怖い顔をした小母《おば》さんが、片手に長いハタキを持って現われた。「ええ？　なに撮ってんだよ。こっちは商売もんなんだからねえ。ただでそんな写真撮らないどくれよお」と、わめきたてた。その周りには、男物の背広や安物のバンド、それに、あまり色のよくないバナナを売っている店などがある。小父《おじ》さんたちは「何だ、何だ」と、集まってきた。すっかり怖くなった彼女は「すみません」と言って逃げ走った。やみくもにひた走った。

彼女は、上野や浅草の住民に馴れてくるにつけ、応対の仕方も、どうやら分ってはきていた。からかわれたり、誘われたり、おどされたりしているうちに、怖そうに見えても、べつだん、どうってこともない連中だと悟った。口は悪いけれども、あっさりしているらしい。六区のストリップ小屋の看板を撮影しているときのことである。このあたりを撮っていると、必ず晒木綿や毛糸の腹巻をして、真ッ黒のサングラスをかけた青年がやってくる。背広にサンダルや草履をつっかけた若い男もからかいにくる。「こんなの撮らないでよお。自分の裸、撮ればいいじゃん」と、焦らしたり「いいとこ知ってるよ。連れてってやろうか」と、ほのめかしたりする。「俺も撮ってくれえ」と、姿恰好のよく似た二人連れの兄《あん》ちゃんがとんでくると、彼女は「どのストリップがいいですか」とたずね、彼らの一番好きなストリップの看板をバックに撮ってあげた。彼女が一番いやなのは、うすひげを生やしたりした小男の中年ものである。そんな男は空ろな眼をして、アル中らしく、ふらふらと歩いている。彼らは、そおっと音をたてないように、彼女のすぐ後をつけてくる。

男の大学生と連れだって行ったこともあった。その大学生は「今日行くところはな、君にはちょっと怖い場所かもしれないけれどもな。イヤなことといわれたり、ヘンな目にあいそうになるかもしれないけど、あまり気にしないことだよ。ボクがいるから、まあ、心配はないと思うよ」と、あらかじめ注意した。

二人が歩いていると、たちまち兄《あん》ちゃんの声がふりかかってきた。「よお。よお。昼間っから、お二人さん」「いいとこあるよ。案内してやるよ」などと言ったかと思うと、雨あられのごとく、ありとあらゆる性に関する日本語が、身動き出来ないほど、あたりに充満した。案内役の大学生は、すっかり困って、引き返すことも進むこともできなくなった。顔が真ッ赤になって、もじもじしているばかりである。彼女は見かねて「この人は兄妹よ。兄さんなんだから」と、言い返して、真ッ赤にも真ッ青にもならずに、先に立って通り抜けた。

「よく君は平気だねえ」と、勉強好きの大学生は、つくづく感心したように言った。

そのような危険は、女写真学生には、よくあることだ。彼女は上野でも同じような目にあった。西郷さんの銅像のある広い石段のあたりで、街頭似顔絵描きの小父さんたちにとり囲まれた経験がある。それは夕陽で赤く染まった空が次第に光を失い、暗くなりかかるころだった。彼女は急ぎ足で石段を下りてきた。すると似顔絵描きの小父さんが一人ちかよってきて「描かせてくれ。安くしてやるよ」と言った。あまり、しつっこいので「いくら?」とたずねると「千円のところ、五百円にまけてやる」と答えた。「もっと安くならないの?」ときくと「それじゃ、三百円だ」と言う。「もっと安ければ描いてもらってもいいけど。お金がないから」と言って立ち去ろうとした。小父さんは「大人をからかうんじゃねえ」と、大声で叫び、彼女ににじり寄ってきた。

「だって、お金がないんだから、仕方がないでしょ」と、彼女は弁解した。すると、もっと大きな声で「バカヤロ!」と、どなりつけられた。ほかの小父さんたちも、五、六人集まってきて「○○さん、どうしたんだ」と、彼女をとり囲んだ。彼女は財布を出し、百いくらかのお金をみせて、しきりにわけを言ったあげく、その小父さんは、ほかの小父さんたちにたしなめられた。そのときはたすかった。その苦い体験があるので、あまりにも、わめきたてて止めようとしない古着屋の小母《おば》さんから、ただ一歩でも離れようとして逃げ走ったのだ。むろん、行先も何も分りはしない。ただひたすら逃げ走って着いたところに花屋敷があった。そこが、はなやかな花屋敷だったので、彼女は何やら、奇蹟にでも遇った想いであった。夢みる気持におちいる。そして、いつのまにか、ふらふらと観覧車に乗っていた。まだ真昼どきで、あたりには人の群れが往来していたから、それは白昼夢のごときものであった。彼女は江戸川乱歩の愛読者だった。おまけに、小学校から高校まで、キリスト教の教育をうけたのだ。キリスト教では、奇蹟を信じる。次第に観覧車は高みに昇った。昇りつめて真下を見ていると、いま脱出してきたテント掛けの店並みが、はっきりと見えた。誰か一人の小母さんが、マイクで何やら叫んでいる。「また、さっきの怖い小母さんかな」と、彼女は思った。観覧車の上の彼女は、さまざまの色彩や形の入り乱れた浅草の一角を眺めていたわけであるが、その彼女の眼に、とりわけ彩りの毒々しい看板が見えてきた。その看板には、よくみつめると、面白そうな絵が描かれていた。

「そうだ。東京にも見世物があったんだな」と気づいた彼女の心理状態は、ますます、乱歩的、夢幻的、屋根裏の散歩者的なものになっていった。観覧車を降りた彼女は、すぐにその見世物小屋に行ってみた。せむし男や、人間の体を組合せた、不思議な椅子や、この世にあるまじき、奇怪な秘密の場所……。

「親の因果が子に報い……。可哀そうなのは、この蛇娘。幼い頃は花よ蝶よと育てられたが……。山中でたった一人、蛇を食べて生活しているところを見つけられ……」という、怪しげな声が現実の声となって、彼女の耳に聞えた。彼女の夢はふくれあがって、ほかの夢につづく。その夢の世界は、現実の世界とつながり合っている。

一人の老婆が、背中をまるめて説明の言葉をのべたてていた。白髪をうしろでひっつめにしている。ブラウスの下に長いスカートをはいている。スカートの下には靴下をはいている。老婆は、見世物小屋の入口の左の台の上に正座して、その前には机が置かれている。片手は机の上におかれ、片手はマイクを握り、口上をしゃべっている。

彼女が観覧車の上から眺めおろした看板は、テントの上方一面にかかげられている。看板は布地に描かれてある。

大蛇を体にまきつけた南国の美女も描かれている。江戸時代の版画のさし絵にも似ている。それだけ見ても、神秘的で、むごたらしい、凄そうな気分になる。その下には写真が貼ってある。それは、テレビ局に蛇娘が出演したときの写真である。女写真学生は「この写真はよく撮れているなあ」と感心して、自分でも、できたらこんな写真を撮りたいと思う。

お婆さんの坐っている台の机の上に、猿の剝製が置いてある。その猿は、少し毛がハゲチョロケになっている。ガラスの目玉が、いまにもとび出しそうだ。埃をかぶっているのか、今にも消えそうな灰色に見える。彼女は気味がわるいので、よく見なかった。

「さあ、いまだ。いま入れば、ちょうど一番の見せ場だよ。いま入るなら、三百円のところ、百五十円でいいよ」と、お婆さんは言った。

男の子が三人、入ろうか、入るまいかと、入口でそわそわしている。

白髪の老婆は「蛇娘の○○ちゃあん」と呼ぶ。小屋の中で「ハイヨー」と叫ぶ返事が聞えた。どういう加減か、三人の子供たちは、その声を聞いただけで、どこかへいってしまった。彼女も、どうしようかと迷った。

「蛇娘は今日で終りだよ。今日が最後だよ」と、お婆さんは相変らず叫んでいる。彼女は、まるで、それが定められた運命のようにして、見世物小屋の中に入ってしまう。

小屋の右側が入口だった。入ると、狭い通路で、両側は揺れている布の壁である。そこにも半裸の美女の絵がかかっている。その顔は彼女の倍もある大きさである。三、四メートル歩くと黒い布がたれていて、それをまくって入れば蛇娘が見られるかと思うと、なかなか開けられない。しかし、もう引き返すわけにもいかないので、奥の方へ進む。薄暗い。思ったより天井は高い。観客席の床板は、舞台がよく見えるように、後ろへゆくほど高く、勾配をもって張ってあるので、足許をみないで歩くとつまずいたりする。

舞台といっても、コンクリートむきだしの床である。その右半分に台をしつらえてある。そのまわりには、古い看板と古いポスターが貼ってある。そのポスターの中で、特に彼女の印象に残ったのは、人間ポンプのポスターであった。

客は、彼女のほかに二人。一人は学生風の二十歳前後の男。もう一人はサラリーマン風の男。二人とも後ろの壁にぴったり背中をつけ、膝をかかえて見物している。椅子の座席などどこにもない。板敷きの上にじかに坐っている。彼女も壁にもたれ膝をかかえた。

蛇娘は、ロウソクの炎を手にもやしつけたり、溶け流れるロウをポタポタと両足にたらしている。

蛇娘は二十歳ぐらいだろうか。化粧が濃いので、しかと分らない。衣裳は黒いブラジャーに黒いパンツ。ビキニの水着ではなくて、ふちにレースのついた下着風のもの。肥っているので、下着の間から白い肉がもり上って、はみだしている。彼女の倍もある太い腕である。蛇娘の前には木の机が置いてある。その上には、だらだらに溶け流れたロウソクを、束にして置いてある。蛇娘の体そのものがロウソクだらけである。やけどのあとも沢山ある。

左手には一台の古びたレコードプレイヤーが置かれてある。レコードは「美しき天然」を奏でている。レコードがきれると、どこからともなく、お婆さんがやってくる。レコードを裏返して行進曲が奏でられる。

小屋の外では、例のお婆さんが「さあ、いまだ。いまが一番の見せ場だよ」と叫ぶ声が聞える。お婆さんは、はたして、一人なのか、二人なのか。

蛇娘は、なかなか蛇を出さなかった。蛇娘は、いつまでもロウソクの炎を口の中で消したり、ロウを体一面にたらすことばかりしていた。

蛇娘が、パカッと口を開ける。その口には口紅がはみだしていた。五本ぐらいのロウソクの束に火をつけて、その赤い大きな口に、その束が押しこまれるときは、蛇娘の顔つきは、全く物凄かった。口の中までロウでただれているみたいだった。

蛇娘は、ときどき、口の中から「ゲェーッ、ゲェーッ」と、ロウを吐き出す。そのロウは、吐き出されるとき、痰のように見えた。それに見入っている彼女自身も、吐き出しそうになった。

蛇娘は、唖《おし》なのかもしれなかった。それとも、ただ、そういうことにしてあるだけなのか。とにかく、蛇娘はまるでしゃべらない。ただボール紙をお客さんの方に向けて見せる。それには下手くそな字で「次はクサリを口から鼻にとおすのよ」と、マジックインキで書いてある。

クサリは細かった。だが、鼻に入れると、ずるずるーと、ヘンな音をたてた。蛇娘は口から手を入れた。口はガアッと大きく開かれる。クサリは中からひきだされた。そのクサリの端と、鼻から出ているクサリの端とをつなぐ。クサリは輪になって、じゃりじゃりと音をたてて回された。

「ハイ。次は蛇を入れるのよ。ワタシすごいでしょ」と書かれてあるボール紙をこちらに向けて見せる。ほんの二、三秒見せると、すぐ芸にとりかかった。

小さな箱を出してくる。その中に蛇が入っているらしい。ふたを開けると、綿を敷いた上に小さな蛇がおとなしくしている。眠っているのか、それとも死んでいるのか、疲れたようにぐったりしている。蛇娘はそれを摑むと鼻孔から入れる。そして口から蛇の頭が出てきた。ゲェーッ、ゲェーッと、咽喉のあたりで、少し苦しそうな音が聞えてくる。「この蛇は、やっぱり死んでいるんだな」と、彼女は思った。蛇娘は、ひどく荒れた、がさがさの指で、小さな蛇をしごく。次に、蛇の頭が喰いちぎられた。蛇娘は喰いちぎった部分を、自分の口にあてがい、チューチューと蛇の血を吸いだしては飲んでいる。そのとき、二人の客のうち、サラリーマン風の男が「気持わるいなあ」と、小さな声でつぶやき、出口をくぐって出ていった。もう一人の学生風の男は、まだまだ、じいっと眺め入っている。蛇娘は蛇を三分の一ほど食べてから、残った部分を、思いきりよく後方へ投げてしまう。それでも蛇娘の芸は、まだまだ終らない。プレイヤーの後方にある小さな檻に近寄って、中をのぞきこむ。中にはニワトリが入っている。暗いので、よく確かめられないが、赤いトサカがちらりと見えた。蛇娘は、かなり長い間そのニワトリをにらんでいたが、また机のところに戻ってきて、ボール紙を見せる。その前に、次はどのボール紙かと探している様子であった。こちら向きにされたボール紙には「コンドは一番すごいのよ。口から火を吐くのよ」と書かれている。机の下に石油罐があり、蛇娘はその罐の口に自分の口をつけ、ロウソクに火をつける。その火を口に近づけたかと思うと、ボーッと大きな音がして、蛇娘の口から火焰放射器のように、ものすごい火が噴き出てきた。「もしも客席の一番前にいたとしたら、やけどをしただろうなあ」と、彼女は思った。その芸があまりにも鮮やかだったので、口の中に火を入れてから噴いたのか、ロウソクの火に向って石油の霧を噴きつけたのか、どう考えても彼女には分らない。しかし、その火の色と蛇娘の顔つきは、忘れようとしても忘れられなかった。しばらく忘我の状態におちいっていて、気がつくと、蛇娘は「これでオワリよ」というボール紙を出していた。すぐ次の回の用意をしているらしい。ガーゼで口の中をぬぐったり、腕にたれたロウを落したり、新しいロウソクを並べたりしていた。彼女はカメラのシャッターを震えながら押したので、写真はすべてブレていて、使いものにならなかった。学生の客も、いつのまにか姿を消している。

五十歳ぐらいの小父さんが、入口から入ってきて、ゆっくりと歩いて出口から出てゆく。ひどく痩せていて背が低い。姿勢のわるい男だった。「お客さんにしてはヘンだな」と、彼女が考えていると、三分ぐらいすると小父さんは、また入口から入ってきて、ゆっくりと彼女の前を通り過ぎる。そして出口から出てゆく。「どうやら、サクラらしいなあ」と、彼女は判断した。

蛇娘は、またもやロウソクの芸をはじめた。彼女は、蛇娘が何となく可哀そうだったけれども、もはや、夜に入っていたので、出口の方角に歩いていった。小さな机の向うに、お爺さんが立っていて、料金を受けとった。「お代は見てのお帰りというのは、本当のことだった」と、彼女は思った。鋭い目付きのお爺さんは無精ひげを生やしていた。その横に十五、六の少年が立っていた。その眼がとてもきれいだった。支払いをすませて通りへ出ようとすると、彼女の頭にさわるものがいる。振り向くと、お爺さんではなくて、小父さんが立っていた。「あんた可愛い顔してるねえ。またおいで」と、にやっと笑った。小父さんの顔は、黒く陽に焼け、ぴかぴかと光っていた。中国人らしい。「中国人みたいだが、人がよさそうだ」と、彼女は思った。とにかく、小父さんは、この小屋の主人なのだ。小屋の出口と、台所の出口とは共通していて、レコードをとり替えていたお婆さんが、若い娘さんと二人で、何かおかずをこしらえていた。外はもう真ッ暗で静かだった。

それから、一ヵ月ほど経って、再び彼女はその小屋へ出かけた。表の看板と、中のポスターや絵を撮らせてもらいにいったのだ。二度めのときも、演《だ》しものは蛇娘だった。最初に来たときは「蛇娘はおしまい」と口上を言っていたのは、ウソだったのだ。しかし、第一回の蛇娘とはちがう蛇娘が演じていた。姉妹なのだ。姉さんの方は、今日は横浜に行っているから、妹一人でやっている、という話だった。妹の方は、少し痩せていて、お化粧もうまかった。髪もきれいに結いあげている。ふつうの女の人のように見える。赤い水着みたいなものをつけている。そして、妹さんは、自分でしゃべった。「次は蛇を使います」とか「次は手品です」とか、ふつうの声で、ぶっきらぼうに言う。それが当り前の言葉のように聞える。蛇の芸が終ってから、右の舞台にのって手品をやった。それは、ガラスに新聞紙をくっつけて、その新聞紙の上から紐を通す手品だった。ガラスを紐がつき抜けるところが不思議なのだ。その手品には、大げさなところは少しもない。さっさとすませてしまうと、すぐに台から下りて、ロウソクの芸を事務的にはじめる。あんまり、さっさとすませてしまうので、見世物という感じはしなかった。

彼女はつまらなくなり、すぐに外へ出た。通りのベンチに小屋主の小父さんが坐っていた。小父さんは手招きしている。彼女が行ってみると「この横に坐りな」といわれたので、彼女も坐った。

「お嬢ちゃん、今度アフリカから、こおんなに太くて長い大蛇がくるんだ。そのとき、また見にくるといいよ」と、にこにこ顔で言った。「そんなに大きいの」と彼女が驚くと「そうだよ、本当だよ、なあ〇〇ちゃん」と、小父さんが言う。第一回めのとき、ゆっくりと出たり入ったりしていたサクラの小父さんが、横に立っていて「うん、うん、ほんとだ」と言う。サクラの小父さんは、眼をしょぼしょぼさせて、元気のなさそうな上半身を曲げてから、彼女の顔の真ん前に顔をつきだしてきた。妙な匂いがした。サクラの小父さんは、一日中小屋を出たり入ったりしてはいるものの、サクラというほどのものではなくて、ただ、そういう性格と運命の人なのかもしれないな、と彼女は思った。サクラの小父さんは、うまくものが言えないので、小屋主の小父さんの話に、いつも「うん、うん」とうなずいたり「ほんとにそうだ」と返事をするだけなのだ。小屋主さんは、この小父さんを馬鹿にしたりせずに、やさしく話しかけたり、話の仲間に加えるようにしてあげている様子だった。

このようにして、彼女は次第に浅草行きが病みつきになっていった。浅草寺の境内の外れにある、小さな古い家にも行くようになった。その家は誰も訪れるものもなく、一軒だけ離れて建っていた。

面白い看板がどこにでもあった。そして写真を撮りつづけた。古い小さな家でみつけたブリキの看板は、剝げかかっていて、十二支が丸く図になっているものだった。日が暮れかかっていた。五時を過ぎていたかもしれない。彼女は撮りおわって、そろそろ帰ろうかと思いながら、まだ立ち去りかねていた。彼女の肩を、ぽんぽんと二回ほど叩くものがいる。振り向くと、小屋主の小父さんだった。「へええ。へええ。これ撮ってるの。またきっと遊びにおいでね」と、小父さんは言い、手を振りながら歩いていってしまった。小父さんは買物籠を手に提げ、サンダルをはいていた。その買物籠からは、大根がのぞいていた。夜がせまってくるし、知り合いの小父さんは帰ってしまうし、彼女はたまらなく淋しくなった。淋しい気持のまま、我が家に戻ってきた。

だが、富士吉田の町で、火祭の夜、彼女は、またもや蛇娘を見ることができたのだった。

われわれ一家は、富士吉田の火祭を、毎年見物している。といっても、私は発病する前から
ひとり怠けて、山小屋に残ってはいたのだが。

彼女は、きまって母親に連れられて見物に行く。午後六時には山を下りて、町の人波にもぐりこむ。夏の終りなので、山小屋のあたりにはすでに人影はない。にぎやかな場所が女二人は恋しくなっているのだ。火祭の町へ出れば、タコ焼きや、イカの姿焼きが食べられる。

彼女の母親は、去年も駐車出来たバイパスのガソリンスタンドに、車を駐めさせてもらった。その年は若い男の子が二人いて、無料で駐めさせてくれた。去年は店の主人らしき小父さんが控えていて、料金をとられたのであるが。

二人は、何はともかく、神社へお詣りに行く。本宮鳥居前にたてられた、屋根ほどの高さの、太い大松明《たいまつ》に仕掛けた花火が揚った。丁度、吉田の町中《まちじゅう》の家々の前につまれた薪に、一斉に火がつけられて燃えはじめたところだった。

しかし、電気の明りを一切使わない本宮の境内は、人影もまばらで真ッ暗である。二人は懐中電灯をたよりに歩いてゆく。たまに行き交う人々も提灯や懐中電灯をちらちらさせている。

境内を流れる小川のほとりに組まれた二つの薪の束も燃えている。富士講の人たちが、白い装束でかたまっているのが仄かに見える。

暗い山門のあたりで、拡声機で流されるレコードの軍歌が聞えてくる。それが誘い寄せるようで不気味である。二人は、その方角に吸い寄せられるように近づいてゆく。

丈の高い丹塗りの山門の両側に、狛犬のように二人の白衣の男が四ツ這いになったまま向い合って、動かないでいる。二人とも同じように片手が金属の鉤のような義手である。義手を地べたについてじっと頭を垂れた姿は、まったく同じである。それが一層不気味だった。二人の前に置かれた箱の両方に、百円ずつ入れた。

母と娘は、冷たい湧き水で口をすすぎ浄めてから、本殿の木の階段を昇る。おさい銭をあげてから、お札所でお札を買う。本殿には、暗闇の中にロウソクだけが灯っている。娘は、家内安全のお札と商売繁昌のお札とを買う。おさい銭を沢山あげると、御神酒《おみき》をくれるらしい。神主の白衣だけが闇の中に浮んでいる。神主の顔は判らない。

山門の負傷した元兵士の前は、人々が避けて通ってゆく。

夜風が町を吹き過ぎてゆく。人の見えない機織《はたお》り工場の間には稲田もある。稲の穂の匂いが、風とともに流れてくる。家々の前では、井げたに組まれた、背の高さほどの薪がたかれている。その火の明りで、たいている人の、しゃがんだり、立ったりしている影が、黒く切り紙絵のように見える。二人は本通りをしばらく下《くだ》る。大松明《たいまつ》の焔の熱さに、稲田の間の細道に折れ曲ってみたが、そこは真ッ暗で足もとも危い。焚火の明りをたよりに、やっぱり本通りに引き返す。大鳥居まで下ってから、また坂を戻ってくる。さまざまのセルロイドのお面を売る店の隣りに、タイ焼き屋、輪投げ屋、子供専門のパチンコ屋や射的の店が並んでいる。刃物ばかり並べた店もある。水中花と造花。ハッカパイプ屋。紙の日傘も売られている。舌《べろ》出しおもちゃと、竹の筒に鳥の羽のついたゴム風船。水素ガスの風船もゆらめいている。金魚すくいや風船すくいの店の前には、子供がしゃがみこんでいる。

本通りに面した家の玄関や座敷は、どこも開け放してあった。商店でも、しもたやでも、お客を招んである。客たちは、いずれも、まっかっかになって、めろめろに酔っぱらっていた。大方の客たちは、めいめいが歌ったり、手拍子をうったりしている。いまにも摑みかからんばかりに、真ッ赤な顔と顔をつき合わせ、真剣に話し合う二人組もある。どこの家にも、煮〆め、仕出し屋からとった刺身、トンカツなど、同じような品が食卓に並べてある。それがまるみえだ。客たちが祭見物に出払ったのだろうか、散らかし放しになっているお膳の前で、お嫁さんらしき女が、一人頰杖をついているだけの家もある。

人々は、ぼんやりと、また、浮き浮きと、つながって歩いてゆく。ところどころ、家の前に火をたかず、廊下のガラス戸のカーテンをひきまわし、玄関を閉じ、人も姿を見せず、電灯も消している。そこは、今年、喪のあった家なのだ。

　蛇娘の見世物小屋は、その、明るくなったり、暗くなったりする本通りの中ほどに掛かっていた。入場料百五十円は、あと払いでよいと、木戸番の男が説明している。そのせいか、子供たちは、つい、ふらふらと人波に押されて入場してゆく。内部はぎっしり満員で、隣りの見物人の汗ばんだ腕がこすりつけられて、なまぬるく気持がわるい。蛇娘は二人いた。少女が浅草で見た姉妹とは別人である。何度か通ううちに、その姉妹とも小屋の主人とも知り合いになっていた彼女は、人違いにがっかりする。この蛇娘の一人は、少し猫背である。頭をとった血だらけのニワトリを抱えこんで、喰いちぎって食べている。口中から火を噴く芸当もやる。もう一人は、痩せ形の、整った顔つきの女性で、赤く光る中国服を着て、髪をアップスタイルにしていた。この女は縞蛇を鼻から通して口から出し、ひっぱってみせた。そのあと、蛇の頭を喰いちぎり、むしゃむしゃと音をたてて食べてみせる。それが縞蛇と気がついたのは母親の方である。娘の頃、田舎で暮したことがあり、青大将や蝮など、蛇にはくわしい方だからである。舞台には木刀などが並べたててある。見世物小屋の絵看板には、超グラマーのあでやかな蛇娘が全身に大蛇をからませて、くねっている絵が描かれてあった。それには長野県あたりの地図まで貼りつけてあった。そして二人ではなくて、三人の蛇娘が笑顔で立っている写真も貼られていた。たしかに舞台に出てきた二人も撮影されていた。蛇娘は、つけまつげをつけ、アイシャドウをして、頸にナフキンをかけ、蛇とニワトリを食べ終ると、そのナフキンで口をふき、指についた血もきれいにぬぐった。男の客の方が、女の客よりも、よけい気持わるがった。子供たちは「ほーれ、ほれほれ、生きた蛇だよお」と、しっぽを持って振りまわされた蛇が自分の頭上にくるとおびえる。そして、入口から出てゆこうとすると「入口から出てゆくヤツがあるか」と、小屋の男にどなられる。あわてて入場料を支払って出口から出てゆく。まだ、ほかの演《だ》しものがあるかもしれない、と出渋っていた母と娘は、外へ出て氷屋に入った。「ほーら、ほらほら、ほらほら」という呼びこみの声は、大分はなれた坂の上の方の氷屋にも聞えてくる。

「ほーら、ほらほら、ほらほら。何の因果か、人の忌み嫌うナガムシを摑んでは食べるという……」彼女たちは氷ミルクを注文した。無言で食べている。氷イチゴではなくて、白い氷ミルクをたのんだのは、血の色がイヤになったからだろうか。氷水は口から咽喉にかけて沁みとおり、頭が痛くなるほど冷たい。蛇娘を思い出すと、少しもおいしくはなかった。二人は顔を見合わさないようにして、黙ってさじを口にもっていく。少女は「おいしいね」と、つぶやく。

「ほーら、ほらほら」という声が耳に流れ入って、気持がわるくなり、少しも食べたくなくなっていたのだ。

「うん。おいしい」と、母親が答えたのは、吐きそうになっているのに、無理にそう言ったのだ。

本通りには、お好み焼き、フレンチドッグの店などが続いているが、食欲はわかなかった。フレンチドッグは、割り箸に刺したソーセージに衣をつけて揚げたもので、店の兄《あん》ちゃんは「ハレンチドッグじゃないよ。フレンチだよ」と、買い手を呼んでいた。二人とも下を向いて通り過ぎた。

母娘は、蛇やニワトリを喰いちぎって食べてみせる蛇娘などではなかった。蛇娘だって、好きこのんでナガムシを食べているわけではなかった。長野県といえば、信州の山村の宿で、母親の方は、蝮の干したのを食べたことがあった。それはゼラチンのように透明に干された蛇で、繊細な骨の線が美しく透きとおっているものだった。折角、持ってきてくれた宿の者にすまないので、女房も私も、おいしそうに食べてみせただけである。

その夜は、山小屋付近は霧が深かった。三人とも、祭の町で買い求めた青リンゴを食べて、おとなしく寝てしまった。

永井荷風の「ふらんす物語」にも、妖しき蛇をつかう女の記述がある。何故、フランスでも、日本でも、人々は蛇と、それをつかう女を見たがるのであろうか。荷風散人が、蛇つかいの女を眺めたのは、フランスはリヨン市の郊外、雨というものの一滴も降らない真夏の盛りであった。照る日の輝きに、心もおのずと晴れ渡る。燕の飛び交うソーン河畔の黄昏の色が、ようやく夜に入ろうとする頃である。河筋には、広大なる富豪の別邸がある。気紛れの風流人をあてにするらしい料理屋がある。河筋の往来は、砂のみ白く焼け乾いている。白楊樹の並木が限りもなく続きだす。青々とした木立におおわれた浮島のあたりでは、子供が蛙のように泳いでいる。水は運河のように静かで、輝く砂の上から、桟橋を出した舟小屋の周りには、白い貸舟が幾艘となく浮いている。茂った葦の陰からは女たちの派手な衣服が見え、その話し声が突然とだえたかと思うと、キッスの響きに遮られる。石垣下の見えない場所では、釣師の太いいびきの声がする。横浜正金銀行のリヨン支店に勤める彼は、カッフェー（休み茶屋）やキャバレー（居酒屋）の並ぶ村の石畳の小路を上ってゆく。石畳の曲りくねった路の角々には、ソシアリスト、ラジコー（社会主義本党）だの、コレクチビスト（共産派）だの、レピュブリカン（共和政党）だのと、過ぎた選挙運動の色紙《いろがみ》の広告が貼ってある。彼は政治運動には、まるで興味がないから、通りかかった居酒屋の一軒に入り、土地で自慢の川魚グージョンの天麩羅で夕食をとる。この土地では、めったに聞いたことのない、曲馬のような囃子《はやし》の音楽が、耳許ちかくで聞えてきた。彼は給仕女に「何ですか」とたずねる。彼女は「ヴォーグが来たんですよ。踊《おど》り場《ば》もできるでしょう」と答えるので、彼は再び「ヴォーグとは何だい」とたずねる。

毎年夏になると、冬中南の方を歩きまわっていた、宿なしの見世物師の一群が、雨の降らない此の地方の季節をめがけて、痩馬に曳かせた車を家にして、村から村、町から町へとさまよってくる。芝居、からくり、さまざまな見世物を出すという。「英吉利西《イギリス》語でジプシイ。仏蘭西《フランス》語でボヱミヤンなぞと名をつけて、物語にも見日常の雑談にも能《よ》く聞く由緒の分らぬ浮浪人種のそれであらう。」と、荷風は説明をつけ加えている。

性《たち》の悪いぶどう酒に酔ったせいか、彼は河原の草の上に坐り、夜の河水の輝きと、戦慄するほどものすごい木立の黝さ、さらに空に浮ぶ明るい星の光を仰ぐ。村の空地には、屋根付きの荷車が数台置いてある。カンテラがさかんに煙を吐く黄色い焔の光があり、煎餅飴《せんべいあめ》、アイスクリームなど売る店がある。ドラを叩いて客をよぶ男の声が流れてくる。ふらふらと誘い寄せられた彼は、見た！　生れてはじめて、蛇つかいの女を見た。

「明くないカンテラの光で肥《ふと》り肉《じし》の身は真裸体《まはだか》かと思はれる薄色《うすいろ》の肉襦袢《にくじゆばん》に金糸《きんし》で縫取模様《ぬひとりもやう》をした黒天鵞絨《くろびろうど》の猿股《さるまた》をはいて居る。ベツタリ白粉《おしろい》を塗つた細面《ほそおもて》は尖つて愛嬌なく、引締つた唇には毒々しく紅をつけ、大きい眼の下眼縁《したまぶち》へさした墨の色は全体の容貌を一層物凄く見せる。年はもう三十以上であらうと思つた時見物人の中でいゝ女だと囁くものがあつた。

女は足許に置いた木箱の中から無造作に両手で四五匹の小蛇を摑み出して、真白な其の頸やら、両腕《りやううで》やら、両《りやう》の太腿《ふともも》やら、身体中《からだぢゆう》に巻きつけた後《のち》、微笑《ほほゑ》みもせず、物をも云はず、黒い眼を据ゑ、瞬き一つせずに立つて居る。蛇は糸のやうな舌を燈の光にヒラ〱閃かしながら、女の肌の暖みを喜ぶ如く重り合つてうね〱身体中《からだぢゆう》を匍ひ廻る。けれども自分には女の血が蛇のそれより暖いとはどうしても思ひ得られない。」

しばらくすると、女は蛇を一つずつ、ほどきとって木箱の中に納める。彼女は木戸番の男の方へ歩み寄る。何も言わずに、はいている靴の先で男の肩をつつく。男は驚いて、ポケットから煙草を探りだして手渡す。女は椅子に脱ぎすてたマントを拾いあげ、煙草をくゆらす。彼女の口から吐きだされる煙は、ただ静かに揺れたなびいている。まじめな銀行員たる彼の胸を、悲しく、また、懐しく「浮浪」、「無宿」、「漂泊」、「人生のまことの声」などが、奥底深くえぐってゆく。

ソーン河畔の美しい景色を忘れかねている彼は、秋日和となった或る日の白昼、再び、蛇つかいの女に巡りあった。ヴォーグの群れは、相変らず広場に陣どっていたし、浮浪者の新しい部落は、昼寝の夢をむさぼっていた。部落の屋根からは、食物を煮る細い煙が立ち昇っていた。車と車の間に張った綱には、薄汚ない下着がさげてある。そのとき、彼は見た。ふたたび見た！　とある車の入口に腰をかけて、俯向いて一心に針仕事をしている女を。果物《くだもの》菓子の甘い汁で顔一面を濡らした幼児が、その女にまとわりついている。彼女は自分の子供を抱き上げて頬ずりしていた。異常な、怪奇な、運命や生活ではなくて、平凡な、真昼どきの主婦の、背を丸くして仕事にはげむ姿を見たのである。

敗戦後の日本は、一九〇七年のフランスとは、まったく違っているし、蛇をつかう女たちの姿も、はなはだしく異なっている。昭和五十年代の少女は、はじめから荷風散人の描いた夢など棄て去っている。しかし、なまめかしき蛇つかいの女は厳として生存しつづけている。その一家も、その同類も、生きつづけている。そして、蛇娘の見世物に感じ入る少女と、その母親も依然として日本国内に生きている。嗚呼！　蛇つかいの女たちよ、蛇娘たちよ、その一族、親類縁者たちよ。神の祝福の、おん身らの上にとこしなえにあらんことを、私は祈る。

「上海の螢」「汗をかく壁」「まわる部屋」「うら口」「雑種」「廃園」「歌」は、『目まいのする散歩』に続く散歩シリーズとして『海』（中央公論社）に連載され（昭和五十一年二月〜九月）、あと一篇で完結する予定でした。が、著者が逝去され未完となりました。「少女と蛇娘」（『海』昭和五十一年一月）は、また別の散歩シリーズとして書かれたものですが、この一篇に留りました。しかし、散歩シリーズとして企図されたものなので、本書『上海の螢』に収めたものです。

審判

私は終戦後の上海であった不幸な一青年の物語をしようと思う。この青年の不幸について考えることは、ひいては私たちすべてが共有しているある不幸について考えることであるような気がする。少くとも私個人として、彼の暗い運命はひとごとではないようである。会った時が敗戦直後であり、場所が国際都市であっただけに、彼の出現は一種啓示めいて、意義深く思われるのだ。

終戦後一月ばかりは、掃除もしない、夏草の荒れるにまかせた洋館の庭に面し、私は私なりに考えつづけてはいた。ゼスフィールド公園の前の市場へ買物に出るほかは、ほとんど二階のベッドと下の応接間のソファーで重苦しい時間をすごしていた。買物の往復に眼にうつる街の風景は、もう自分とは全く関係のない速度で変化していた。青天白日旗の下に貼り出される新聞やビラには、私をおびやかし、戒め、はては嘲笑う文句が毎日増していた。行きつけのわんたん屋や、住宅区の門番、自転車修繕の子供など、いつもどおりおだやかに私をむかえてはくれたが、私自身はもはや客でも住民でもない、ある特別な哀れなる異国人という風に自分をとりあつかった。

「ユダヤ人という奴は偉いと思うな」と、友人の一人が言い出したこともあった。ユダヤ人や白系ロシア人、祖国なしで上海の街に住みついている人種の身の上が、しきりとわが身とひきくらべられた。もうこれからは国家の保護なしで生きて行くとすれば、かつては面白い奴等ぐらいに眺めていたこれらの人種が、何か経験に富む大先輩のように想われるのも致し方なかった。日本人、ことに上海あたりに居留していた日本人は、もはやあきらかに中国の罪人にひとしい。中国ばかりではない、世界中から罪人として定められたと言ってよかった。戦争に負けて口惜しいと想うよりも、私は生まれてからこのかた経験したことのないほど、あまりにもハッキリと、世界における自分の位置、立場をみせつけられ、空おそろしくなるばかりであった。この上海はつまり世界であり、この世界の審判の風に吹きさらされ、敗滅せる東方の一国の人民が、醜い姿を消しやらずジッとしている。そのみじめさ。私には懺悔とか、贖罪とかいう、積極的な意志はうごかなかった。ただ滅亡せるユダヤの民、罪悪の重荷を負う白系ロシア人、それら亡国の民の運命が今や自分の運命となったのだという激しい感情に日夜つつまれていた。

「これからは憲兵も領事館警察もない。自由なもんさ」と言う友人の言葉もうなずけるにしても、歴史とか伝統とかが眼前に崩壊し、世界とか宇宙とかが、突然自分の周囲にたちはだかった驚きを、その言葉でどう始末するわけにもいかなかった。

「これから面白くなるんだ。俺はなんとかもぐり込んで、上海に残るさ。ポルトガルの国籍へはいったっていい」ドイツ系ユダヤ人の女性と同棲しているその友は、ふてぶてしい笑いを浮かべて元気よく語った。その徹底した態度には私も好意がもてた。できたら私も外国人の家庭のボーイになってもいい、このままフランス租界に残らしてもらおうか、と意気ごむこともあった。故国に妻子のない私は、漂泊の民となってユダヤ人の仲間入りするのがさして不自然とも思われなかった。「杉さんなら中国人になれる。中国人になってしまえば心配はいらないのに」と、もと使っていたアマさんに言われたこともあった。しかしなぜか中国人になるのが気がすすまなかった。いずれにしても、日本人を廃業するという会話が平気で通用することに、私は底ぬけの自由を感ずると共に、底ぬけの不安を感じた。いったいどうなるのかとわが胸に問うのは、これからさしあたって個人生活の問題が主であるにしろ、やはり日本人が地球の何処かで暮して行く姿や動きがひろく心にかかっている証拠であった。そしてその姿や動きはどうひいきめに見ても、地獄の霧につつまれ、破滅の地鳴りにおびやかされていると思われた。

私はそんな沈んだ気分で聖書など読んでいた。その聖書はこの洋館の三階に住む日本人の老教師から借りたものであった。老教師は会うたびに、手持の品物を売りさばく話をした。「門番の奴、石鹸の金をまだよこしやがらない」などと腹立たしそうに舌打ちした。砂糖やメリケン粉や、鉄の寝台まで、門番の手を通じて金にかえるのに苦心していた。集中までに何とかして全部売りつくそうとするその老キリスト教徒の熱心に私はあきれるばかりだった。「聖書ですか。どうぞ」老人は本を渡すとき、妙な苦笑をした。「砂糖の値は今いくらか知ってますか。どうもさがったらしくて。しまった、もっと早く売ればよかった」と彼ははげた頭をなぜながら真剣になって言った。（この老人の息子こそ、私が物語ろうとする不幸な青年なのであるが）

私は雨の多い八月を、その聖書を読んで暮した。そして「黙示録」まで読みすすみ、七人の天使が吹きならすラッパにつれ、地上に降下する大災厄の段になると、これこそ日本の土地に現実に降りかかっているものだと感じた。ことについこの間の原子爆弾の恐怖が古い文字となってマザマザと示されているように思われた。

「第一の天の使らつぱを吹きければ血のまじりたる雹と火と地にふりくだり地の三分の一焼けうせ、また樹の三分の一焼け失せ、すべての青草も焼けうせたり。第二の天の使らつぱを吹きければ火に焼くる大なる山の如きもの海に投げ入れられ海の三分の一血になりたり。海の中にある造られたるいきもの三分の一死に船三分の一やぶれたり。第三の天の使らつぱを吹きければ一つの大なる星ともしびの如くに燃えて天よりおつ、すなはち河の三分の一および水の源におちたり。この星の名はいんちんといふ。水の三分の一はいんちんのごとくにがくなれり、かく水のにがくなれるにより多くの人死ねり。第四の天の使らつぱを吹きければ日の三分の一、月の三分の一、星の三分の一みな撃たれてその三分の一すべて暗くなり昼三分の一光なく夜また光なし、われ見しに一つの鷲そらの中央を飛び大きなる声にて呼ぶをきく、曰く、後また三人の天の使らつぱを吹かんとするにより、地に住む者は禍なるかな禍なるかな禍なるかな」

爆撃の少い上海にいたのでは、内地の惨状は想像するばかりだが、黙示録の描写は完全にそれを再現しているにちがいない。もしかしたら日本には第一のラッパが吹き鳴されただけではないか。黙示録の大殺戮、第一から第七のラッパまでつづく、猛獣、毒虫、火、煙、硫黄の大破壊はこれからではないかと考え、その痛ましき限りの状態を瞼の下に浮かべると、私は残虐な戦慄が身うちを走り、やがて不思議なおちつきに陥るのをおぼえた。私は最後の審判を信じはしないが、最後の審判によく似た事実が地上に惹起されるのを否定できなかった。日本の破滅が神の裁きと考えはしないが、それでも黙示録の描写はそっくりそのまま今の日本にあてはまることを新しい発見のように感じた。国土破滅などは歴史上何回でもくりかえされる、その一つにすぎないということが、理窟でなく、なまなましい絵画となってここに示されているのに、悲しみにみちた感嘆をせずにはいられなかった。そして何回も何回も倦まずにこの絵画的描写をよみかえすうちに、これからいったいどうなるのかという問いが、いらいらした表面的な絶望感でなく、多少底の深い、おちついた絶望感に変化して行くのであった。

老教師の息子の二郎が現地復員して、三階の父の部屋にもどって来たのは、私がこのような心理状態にある時であった。

私は老人から、出征している息子について何度も話をきかされていた。学業を中途でやめて応召したこと、婚約の娘さんが上海にあること、最近負傷して入院中のことなど、老人はぐちともつかず、自慢ともつかず話した。私自身もその青年がこの家へもどってくるのを待ち望む心になっていた。青年学徒なら、敗戦のいたでも大きく、それだけ語りあう悩みも多かろうと想像されたからである。

老人の自慢の息子はたしかに立派な青年であった。むしろ立派すぎて意外なほどであった。「二郎、早く飯の支度せんか」などと、貧相な父親に叱りつけられて、おとなしく動くのがおかしいくらい、背の高い、物腰のおちついた、大人びた若者であった。服装のこと、食事のこと、その他どんな細かいことでも老人の言いつけをよく守る、模範的な息子のように見うけられた。彼は兵士生活の間の苦しさや馬鹿々々しさなども語りたがらず、敗戦についての感想もほとんどのべなかった。食堂での三人の雑談のときにも、老人は中国の新聞のニュースを読みあつめては慨嘆し、残念無念の表情を見せるのに、二郎の方はまるでそんな目まぐるしい移り変りを気にせぬ風に時たまあいづちを打つ程度であった。私も一時は、二郎の若者らしくもない無関心さに不愉快になったほどであった。敗戦が何でもないとすれば、徹底した敗戦論者か、それともうんと軽薄な、その場あたりの子供じゃないか、などと私はいろいろ想いめぐらしたりした。しかし二郎は政治上の意見ものべず、悲苦の情もあらわさず、平々凡々と洗濯したり、食事の支度をするばかりで、本心らしいものを吐露しようとはしなかった。私と彼は一緒に市場へもでかけたし、公園にもはいり、何とはなしに時間をつぶすことはあった。そんな機会にも二郎は自分から何かと話しかけようとはせず、市場の雑沓や、夏草の上に影をおとす西洋風の植込や、藻の一面に浮いた池の方へ眼をなげかけているばかりであった。市場や公園へ行くと言っても、今までいばり散らしていた日本人が一敗地にまみれ、喪家の狗のごとき有様は、たとえ市民がその眼で見ないにせよ、私自身の胸の中に暗いひけ目としてとどまり、神経がとがりがちであった。だが二郎の、我が水を泳ぐ魚の如き何かかかわりない態度につられ、いつか緊張がゆるんだ。何か達観か信念があるか、それともずばぬけて無神経でないかぎり、敗戦の苦しみは、互にもらしあいたいはずであるのにと私はいぶかった。いぶかりながらも、私は二郎の平静がたのもしく、うらやましく、次第に彼が好きにならずにはいられなかった。キリスト教の救いにでも身をまかせているのかと、その方へ話を向けてみたこともあった。黙示録の一節を読んだ日の、あの感動も語ってみた。

「君はどう思うかな。日本は結局、この最後の審判の破滅をこうむっているんじゃないかね。まだまだラッパはこれから何度も吹き鳴らされるんじゃないかね」

「そうですね」と二郎はすなおにその説に賛成した。それからしばらく芝生の上にのばした長い脚をもむようにしていた。ゆっくり考えてから答えるのが二郎のくせであった。「それはね、杉さん。僕はこのごろよく考えてるんですけれどね」と彼はめずらしく意見をのべた。「破滅をこうむることはたしかにありますね。みんなが洪水に流されたりしてね。罰をうけることはありますね。しかし、その一人一人が平等に罰を受けるんでしょうか。まちがいなく罪の重さだけ各人が罰を受けるんでしょうか。その点が疑問なんですけどね」二郎は議論めいて語調を強めるでもなく、おとなしく言った。

「そりゃそうだよ。罰が平等なんて俺だって考えないさ。今度だって家を焼かれたり、焼かれなかったり。一家全滅もあれば、生き残りもありね」私は冗談のように軽く言ったが、二郎は微笑するだけで、その軽い調子に乗って来なかった。私はいそいでつけ加えた。「俺のいうのは、破滅のはげしさだけなんだよ。神の裁きとか、公平な滅亡とか、そんな意味じゃないんだ。だが日本の破滅が最後の審判的だというだけの話さ。罰とか裁きとか、それは別問題さ」

「それは杉さんの言う意味はわかりますよ」と、二郎はゆっくり言った。「僕だって今度の破滅が神の審判だとは言い切れないし。ただ僕自身、最近は裁きということばかり考えているもんですから、それでつい」二郎はそのまま口をつぐんで芝生に身を横たえてしまった。折から夏の太陽が雲にさえぎられ、芝生全体がサッと黒ずんだためであろうか、二郎の横顔が暗く沈んで見えた。

その日の会話以来、私は二郎が決して子供らしい無頓着で暮しているのではないことを知った。それからまたキリスト教の救いの境地に安住しているのでないこともわかった。しかしどんな問題について、どういう考え方をしているのか、依然として知り得なかった。

何事も忘れやすく、最初から自分の感情を軽蔑する私ではあったが、敗戦のあたえた苦しさ、悲しさだけは容易に去らなかった。それにおさえつけられ身動きできない自分がみじめで、何とか身動きしたい、せめて考えの上だけでも身動きしたい、救われたいの一念であった。そのため二郎の気持をとやかく推しはかるひまもなかった。黙示録の破滅の情景のおそろしさなど心に刻んだりしても、信仰の世界にはいることはできず、その恐怖にくらべれば日本人の眼前にする現実はまだまだたいしたことはないのだと自分に言いきかせ、苦しまぎれのなぐさめの種にしているに過ぎなかった。そうした一時のがれのなぐさめを、私自身いろいろ考案したし、友人からも聴こうとした。それでなければ、はずかしさと気落ちで、生理的にもまいりそうであった。敗戦という事実より何かもっと悲しい苦しい事実を身ぢかに見つけて気をまぎらせるのも一方法と思われた。しかしそんなものが急に見つかる道理もなかった。自分が癩病であるか、失恋でもしていたら、多少敗戦の暗さに打ちひしがれずに、癩病なり失恋なりにとりまぎれていられるのに、とまで思った。しかしその二つとも私には持ちあわせがなかった。

友人たちは友人たちで、めいめい私同様、苦悩を何とか解決しようとあせっている。それが言葉のはしはしでよく読みとれた。（二郎は例外であったけれども）それは互にかえりみて、無理な強がりや、腰の坐らぬ決心ばかりで苦笑ものであった。それでもみんなは、そんな役にもたたぬ強がりや決意をのべたて、ともかく在外日本人という色のはげたレッテルを意地汚くなでなおす行為を止めなかった。例のドイツ系ユダヤ人と同棲した友人などは、ある日、エネルギー不滅説のような議論を持ち出したことがあった。「何もくよくよすることないさ」私と自分に元気をつけるように彼は説明した。その説によれば、日本が亡びるのはたいしたこっちゃない、世界全体から見れば問題にならぬ小事実だという結論になっていた。

「この人類の世界というものはだね」と彼はモシャモシャした頭髪をかきあげながら言った。「そもそも沢山の国々が亡びることによって、つづいているようなもんなんだ。国なんて奴は、一度かならず亡びるもんなんだからな。スパルタ、カルタゴ、ローマ、みんなそうだ。支那だって、春秋戦国時代の国は一つ残らず亡んだんだからな。亡ぶことによって他の国々は亡びないですむんだ。その亡びないですんだ国々も時がくればかならず亡ぶんだ。ところがつぎからつぎへと個々の国々が亡ぶことによって、この人類全体の世界は支えられ、つづいているんだからな。一国が亡びることは、それだけのエネルギーの消滅のように見えるが、実は人類全体のエネルギーは不変不滅なのさ。それは物理的に見て、宇宙のエネルギーが不変不滅であるのと、ちょうどおんなじなんだ。だから日本が亡びるということはちっともおどろくにあたらんのさ。日本やドイツが亡びようと、人類全体のエネルギーは微動だにしない、不変なのさ。もちろん、亡びないでいたって何でもないことだけどね。人間物理の法則でそうなるだけのことでね。国なんて奴が沢山並立してる以上、絶対的に全部の国が存続するなんてことあり得ないさ。つまり絶対的に存続するものなんて、あるはずがないんだからな。個々の国々の滅亡はむしろ世界にとっては栄養作用でね、それを吸収して人類全体の存続が保証されてるようなもんなんだからな」

聴いている私はもちろんその奇妙な議論に圧倒された。話している友人自身が、話の内容の馬鹿げた大きさに自分ながらけおされ、興奮した話しぶりになった。一国だけとりあげ、それの滅亡を時間的に考えれば悲苦に沈まなければならん。それは今日の日本人には実際やりきれない、だから世界全体を空間的にながめ、その存続をひとまとめに考えるようにすれば気は楽になる、というのが彼の論拠であった。私もハッキリしないが、その説明で少し肩のこりがとれたような気がした。

その時、二郎もその場に居あわせた。二郎はいつもどおり静かに相手の説に傾聴していた。時々感嘆したように吐息をついたりした。そして友人の説明がおわると、言いしぶるのを無理に発言するようにしてたずねた。

「日本が亡びるのはたいしたことじゃないということは、それでもよくわかりますけどね」二郎は相手の気にさわらぬような、やわらかい物の言い方をした。しかし若者らしい熱心さはよくあらわれていた。「それで万事解決できるでしょうか」

「え？　そりゃ解決できるだろう。ただここまで考えられないだけの話でね。考えてもその考えを持ちこたえられないだけの話さ。この考えが日常もちこたえられれば、日本人くさいちっぽけなやみなんか消しとんじまうと思うな」と友人は断言した。

「ええ、それはそうですけど。ただ日本人一人々々の場合ですね。自分々々としてどうなんでしょうか」友人の断言にためらいながらも二郎は言いつづけた。「その説明ではかたづかないものがあるんじゃないでしょうか。つまり日本が亡びる場合、いや亡びる亡びないにかかわらず、自分だけが持っている特別のなやみのようなもの、それはその説明でうまく納得できないと思うんですけど。そういう悩みと、国が亡びるという事実との関係ですね。そこんところが、僕にはどうもよくわからないんですけど。そういう悩みから見れば、『国が亡びることはたいしたこっちゃない』という説明さえも、もはや何でもないような、そういう悩みですね。そういうものを日本人の中でも持ってる者がいると思うんですけど」

「そりゃいったい何です？　そんなものあるかなあ、たとえばどんなもの？」

「たとえば、まあ個人にあたえられる裁きのようなもんですけど」

「裁き？　裁きって何？　法の裁きかい？　それとも神の裁き？」

「ええ、形はともかくとして自分の上に下される裁きの問題です」

「どうも君のいうこと、よくわからんけど。僕はまあ今のところ、ここまで考えればあとは万事問題ないと思うんだがなあ、裁きにしろ何にしろだよ。だってこれ以上、今の僕たちには考えられないじゃないか。何をどう悩むにしたところでさ」友人はめんどう臭そうにそれで議論を打ち切りにしてしまった。二郎もそれ以上しつこくたずねることはしなかった。ただ何か考えあぐね、とまどっている風が私にはよく見てとれた。もちろんその迷いの内容はわかるはずもなかったけれども。

私は二郎をまだまだそう不幸な男だとは考えていなかった。彼の父、みじめな老教師の惑乱ぶりにくらべれば、前途有望な彼などは、むしろ恵まれすぎていると言った。ことに彼には実に美しい婚約者がいた。私は二郎の恋人の鈴子さんがはじめて訪ねて来た時にはちょっと驚かされたものだ。虹口《ホンキユウ》地区だけでも女の一人歩きは気づかわれている中を、パッと人眼を惹く美しい彼女が、よくフランス租界のはずれまで来たものだと感心させられた。それだけ二郎を愛していたのであろう。二郎の方からもでかけていることは、その時の二人の話しぶりでよくわかった。話しあう二人の楽しげな姿は、湿った暗い気分を解放する新鮮な光にみちていた。おだやかに笑う二郎には秘密の影などまるでありそうに見えなかった。鈴子さんは、父上が幼稚園を経営していられたとかで、たくさんの子供たちの世話をして暮していたためか、気さくで、明かるく、誰でも好きにならずにはいられないタイプのひとであった。私はこの陰欝な季節に、このような美しい乙女に愛されている二郎をつくづくうらやましいと感じた。両方の父親がキリスト教徒である関係上結びついた婚約らしく、はたの眼にも清純そのものに見えた。

十月になると中国側の命令で、私たちは全部虹口へ集中した。二郎は父の学校関係の知人の住宅に父と住むことになった。しかし私のもとを週に二、三回はかならず訪ねて来た。当時は二郎ばかりでなく、集中させられてかえって往来が便利になったためか、私の住む小さな裏部屋には、いつも二、三人の友人がつめかけていた。ほとんど毎晩のように泊り客があり、私自身も方々へ泊りに行った。朝から酒を飲んでいる日が多く、勝手な放談で時をすごしていた。二郎はそんな席に鈴子さんを連れてはいってくることがあった。二人が仲良く連れだって歩いて行く姿をよく街で見かけた。二人はもう若夫婦といった恰好であった。

私自身は金に窮したあげく、下の主人のすすめで華文の代書をはじめていた。中国側に提出する書類の数は多く、代書商売は案外に繁昌した。工場の閉鎖、商店の接収、帰国の手続など仕事はたえなかった。そしてこの商売は私にヘンな影響をあたえた。虹口に移り住み、周囲が同じ運命の日本人ばかりになってからは、それでなくとも、フランス租界に淋しく住んでいた時の心理状態がかなり変化しだしていた。あきらめはいつか図々しさにかわり、あわただしさにとりまぎれて深刻な絶望が次第にうすれはじめた。友人どうしの慨嘆もひととおり出つくし、茫然としていた文化人仲間も再びあくせくと神経を働かしはじめた。虹口はたしかに猥雑で、せまくるしい居留民社会であった。最初は久しぶりで日本人仲間へもどったわずらわしさがイヤであった。それにも、やがてなれた。いやらしい集中地区内のゴテゴテも自分たちの身から出た問題だと、うけとるようになった。自分たちの体臭をひがな一日嗅がされている辛さはあっても、自分たちの醸し出した匂いとしてすましてしまうクセがついた。まるでなっていない利己的な会話にさえ、肉親的のわかりやすさがあり、フンと聴きずてにできなくなった。自分がやはり漂泊の民でなく、ユダヤ人的、白露人的な徹底した態度がとれぬ以上、このお仲間にはいるより仕方ない。そして恥ずかしい話ではあるが、最後の審判のあの怖るべき絶滅の焰の下に、案外涼しい空間が残っているとすれば、それを利用してあいもかわらずケチな生存をつづけてもいいではないか、とまで考え出すのであった。ことに代書の依頼人には商人が多く、敗ければ敗けたでの生活力は、とても簡単に軽蔑できるものでなかった。彼等のどこか世の中のからくりに合っている自信が、私を圧倒した。血まなこな気のくばり方は、亡国の哀愁とはかかわりなげであった。そしていつしか私も、その雰囲気にむされ、かつての厳粛な気分がうすれて行くのをとどめようがなくなっていた。うす笑いの軽薄を知っているくせに、そのうす笑いをやめられない男のように、私は自分の変化をどう始末することもできず、にがにがしく眺めやるばかりだった。

「人間て奴は、たとえどんな下劣な環境においてでも、それに適応して生きてくのかね」私はふてくされたように、二郎に向かってそんな話をしたこともあった。

「俺はこの頃、深刻な絶望なんか消えちまったな。自分でもイヤなんだけどね、けっこう楽しんでばかりいるよ」

「そうですか」と二郎は言った。「僕はかえってこの頃の方が、まじめに考えるようになりましたよ。やっぱり恋愛しているからかもしれないけど」例によってわざとらしさのない、考え深い口調であった。

そう言われてみると二郎の表情には正月前から、きまじめな憂愁の影が濃くなっていた。恋する人とむつみ合っているのに、はなやいだところがなかった。それは彼独特の性格から来ているにしても、それだけとは考えられなかった。私は正月に二郎と共に鈴子さん一家を訪れたが、その時の彼の態度にも少し尋常でない風が見えた。鈴子さんの父上は二十年以上も上海で薬種商をされた方で、熱心なキリスト教徒だった。新教の方であるが、その白髪白髯のいかめしい顔つきはカソリックの牧師に似ていた。両親とも東北雪国の人によく見かける彫りの深い、血色のよい顔だちであった。なごやかな家庭であった。正月らしい楽しい気分の裡で、母上は故郷の話などした。「冬になると鮭をたくさんソリにのせてね、ギーコギーコ、ギーコギーコひいてくんですの」風邪で寝ていた母上は寝床の中でゆっくりした調子で言い、遠い雪国の正月のことなど想い出しているらしかった。ギーコギーコの音の表現が東北の風物をしのばせるのんびりした調子で、その面白さに鈴子さんは「フフ」と笑い、父上もつりこまれて笑いながら「そうだったなあ」とあいづちを打った。物価高の話も、帰国後の生活不安の話もなく、ゆったりした気分は、私には久しぶりであったため、ことに印象が深かった。しかし二郎だけはその場の空気にそぐわぬ気むずかしげな面持をあらためなかった。

「あなたのお父さんみたいに、ああヤキモキしても仕方ないよ。世の中のことはそんなに騒がないでもかたづくもんですからな」鈴子さんの父上は二郎に向かってそんな注意もした。それは二郎の父を批判するというよりやはり二郎そのものに向けられているらしいふしがあった。「神さまにおまかせしなくてはね」父上は二郎をなだめすかすように、やさしく言われた。二郎は別に反対はしなかった。そのかわりそれらの言葉を耳に入れているかどうか疑われるくらいの無感動を示していた。その無感動は、側にいた私がもう少し何とか表情をゆるめられないかと思うほど、きついものであった。自分だけの考えにふけっている、それも石の壁に面しているようなむずかしい対象につかみかかっている、そのための無感動と思われた。

私と二人で教会へ行った時にも、彼の無感動を私は見せられた。その日は二人とも教会へはいる気はなかったのであった。ただ寒風の吹きすさぶ崑山路を歩いていて二人はフトその教会の前に立ちどまった。赤煉瓦の古い建物の中から讃美歌の合唱がもれていたからである。すると石段の上に立っていた中年の中国婦人が私の腕をとって静かに石段を登り、入口まで案内してくれた。中にいた案内役が同様に二人をみちびいて後方の席に坐らせてくれた。信者はみな質素な身なりで、おとなしやかに坐っていた。市民のなかでもケバケバしい新調の服装をした青年男女や、荒々しく罵りさわぐ人夫や小売商人などを見なれた目には、異様なほど静寂であった。歌がおわると若い牧師が説教をした。雄弁で子供や老人をよく笑わせたが、すこし雄弁すぎる気がした。また歌になり、老牧師が起ち上ると懺悔であった。椅子にギッシリつまった老幼男女はめいめい低い声で懺悔をつぶやきはじめた。すすり泣くように、風がかすかに渡るように、それらの声が堂の中にみちた。みな上海語であろうが、言葉というよりは、吐息、ざわめき、音としてきこえた。それがおわると「イエスを信じますか」と一声高く老牧師がたずねた。聴衆はいっせいに「信じます」と答え右手を挙げた。私はうっかりして挙げなかった。二郎も挙げなかった。老牧師は私たちの方をジロリと眺めたらしかった。彼は祈りの文句をとなえ、再び歌の合唱をさせた。それからまた「イエスを信じますか」とたずねた。私は聴衆にならって手を挙げた。二郎はやはり挙げなかった。老牧師はのびあがるようにしてこちらを眺めてから「そこの日本人はイエスを信じますか」と鋭くたずねた。すると私の側にいた普通の支那服の青年が「ハイ、彼は信じています」とかわって上海語で答えてくれた。牧師はそれ以上追求しなかった。二郎はそれらのことが自分に関係のない風にジッと無感動に下うつ向いたままでいた。「君はガンコだな。とうとう手を挙げなかったじゃないか」と、外へ出てから私が言った。「別にガンコで挙げなかったわけじゃないですよ。ただほかのことを考えていたもんだから、それで」と彼は気にもとめずに答えた。

二月になって、私は彼の口から鈴子さんとの婚約をとり止めにしたむねを聴かされた。理由は別に語らなかった。説明しにくいことだから、とだけ言った。私も問いただすのも大人げないと、そのままに聴き流した。私が街で鈴子さんに会った時に二郎のことにふれると、おびえたような、あわてた返事で話をそらしてしまった。二郎の老父にも会ったが「若い者のやることはわかりません。どうしようもないわさ」と腹立たしげに言うばかりで、事の真相はわからなかった。その時、二郎の父は、自分たち二人は次の船で日本に帰国するつもりだと私に告げた。それは全く私には意外だった。それまで二郎は少しも帰国の意志を私にもらしたことはなかった。なぜ急に私たちに先だって帰るのか一切不明であった。その頃では二郎はもう私の部屋へも顔を見せなくなっていた。二郎の気持をたしかめようにもその機会がなかった。二郎のことだから漠然と去るわけはない、私はいささか不安であった。二日ばかり楊樹浦の友人の家で泊り明かして帰宅すると、下の主人は私にぶ厚い手紙をわたした。二郎からのものであった。私はいそいで封を切った。読んでいる間、裏部屋の寒さを感じなかった。読み終ると、冷たい壁にもたれ、手足を動かす気もなくなった。それから毛布をかぶり、電灯の下で、もう一度ゆっくりその手紙を読みなおした。

二郎の手紙

『私はあなたにあててこれを書き残すことにしました。御承知かも知れませんが父と私は明日帰国することになりました。しかしこの手紙は帰国に先だってあなたとお別れするための挨拶ではありません。私は一人だけある理由によって帰国しないことにきめました。父はもとよりこれを知りません。私は明日、帰国者が集中する場所から姿を消すつもりです。それ故、帰国はしないでも、あなたとももうこれでお目にかかれますまい。この手紙を読まれれば私が帰国しない理由はおわかりでしょう。それは終戦後ずうっと私の頭を占めていた問題であります。つまりおそらくはあなたが疑念を抱かれていたにちがいない、私の態度の原因の説明でありますす。私が裁きを気にかけていた理由とも言えましょう。裁きがあるものかないものか、私にはまだわかりません。ただそれが気にかかる以上、あると言った方がよいのかも知れません。私は戦地で殺人をしました。戦争である以上、戦場で敵を殺すのは別にとりたてていうほどのことでもありますまい。兵士としては当然の行為でしょう。しかし私の殺人は、私個人の殺人でした。兵士であった私というより、やはり私そのものが敢えてした殺人なのです。私はもちろん自分が一生のうちに、自分の手で人を殺すことがあろうなどと思ってみたこともありませんでした。兵士になってからも、最初のうちは人を殺す手段方法ばかり教えられ、毎日その練習ばかりしていることを異様に思えたくらいですから。私は時々、帯剣のさやをはらったり、三八式銃の銃身をなでながら、これで人を殺すことになった自分をよくたしかめてみたものでした。その自分は母の手で育てられ、高等教育を受けた昔ながらの自分なのです。しかし軍隊はあくまで軍隊であり、殺人を必要とします。私は自分がどうもただの市民くさくて、兵士らしくないのを恥じたこともあります。ことさらに荒々しく敵を殺せる男であるように努めました。勇敢、犠牲、献身、無我、その他いろいろ青年の心をさそう美徳を自分の身につけること、それは死をおそれず敵を殺すことであるように思われました。私たちは未教育の補充兵でしたから、兵士になり切れない、あまり役にたたぬ兵士でした。現役兵にはそれでも内務のきびしい規律がありますが、私の方ときたら一人前のはたらきはできないくせに、一人前以上の慾望やわがままを持っています。故郷では妻子もあり立派に暮しているはずなのに、戦場では自分をみちびいてゆく倫理道徳を全く持っていない人々が多かったのです。住民を侮辱し、殴打し、物を盗み、女を姦し、家を焼き、畠を荒す。それらが自然に、何のこだわりもなく行われました。私には住民を殴打したり、女を姦したりすることはできませんでした。しかし豚や鶏を無だんで持ってきたりしたことは何度もあります。無用の殺人の現場も何回となく見ました。武器を自由勝手にとりあつかい、誰もとりしまる者のない状態、その中で比較的知的訓練のない人々がどんなことをはじめるか、正常の生活にいるあなたがたには想像できますまい。法律の力も神の裁きも全く通用しない場所、ただただ暴力だけが支配する場所です。やりたいだけのことをやらかし、責任は何もありません。この場所では自分がその気になりさえすれば、殺人という普通ならそばへもよれない行為が、すぐ行われてしまうのです。一昨年の四月ごろ私はA省の田舎町にいました。戦闘もなく兵站《へいたん》の仕事もなく、けだるい日々がつづきました。ある日、分隊長は私たち二十名ばかりをつれ、町はずれへ出ました。町には住民は全くおりません。附近の農民が時たま姿を見せるばかりです。雨がとだえた季節で、街道には白い埃が積もり、馬や牛の屍などの匂いが流れています。食糧をあさるのが任務ですが、多少緑の樹々のある畑地帯を歩きまわる楽しみもありました。それから「討伐」の目的もあり、マッチ工場の倉庫が発火したり、架橋したばかりの木橋のそばで火災がおきたりして、多少警戒心もありました。それも日本兵の過失やら、放火やら、雲をつかむような事実だし、敵の部隊と正面衝突したら、補充兵部隊で何ができるか、あやしいものでした。冒険的な遊びと言った方がよいでしょう。煉瓦塀をめぐらした豪農の家、赤や緑に塗りたてた廟など、みな人影もなく荒れはてています。その路が広漠たる春の枯野に入ろうとするところで、二人の農夫らしい男がこちらに向いて歩いて来ました。二人は私たちの姿をみとめるとちょっと立ちどまりましたが、またスタスタ歩いて来ます。一人は小さな紙製の日の丸の旗を持っています。私たちも立ちどまって待っていました。二人はそばへ来ると笑顔でみんなに挨拶しました。分隊長は一人の差し出す紙片を受けとって読みあげました。それはこの二人を使っていた日本の部隊長の証明書でした。よく自分の隊で働いた善良な農夫であり、これからもとの村へ帰してやる所であるから、途中の日本部隊は保護せられたい由が記されてありました。分隊長は専門学校出の曹長でした。大阪の大地主の息子で、時たま物わかりの良いかわり、時たまわがままな大男でした。「よしよし」彼は二人に通過してよろしいと申しわたしました。二人は何度も頭を下げてから嬉しそうに歩き出しました。二人が歩き出すと分隊長はニヤリと笑い、小さな声で「やっちまおう」と側にいる兵士にささやきました。「おりしけ！」と彼は声を殺して命令しました。兵士たちはあわてて自分勝手に銃をかまえました。二人は着ぶくれた藍色の服の背をこちらに向け、日の丸の紙旗を風に吹かせながら、何も知らぬげに歩いて行きます。「あたるかな」などと、兵士たちは苦笑したり顔をゆがめたりしながら射的でもやるようにして発射命令を待っています。私も銃口のねらいをつけました。まだ二、三百メートルですから、いくら補充兵の弾丸でも、誰かのがあたるのはわかり切っています。私は銃口をそらそうかとも考えました。射たないでおこうかとも考えました。しかしその次の瞬間、突然「人を殺すことがなぜいけないのか」という恐しい思想がサッと私の頭脳をかすめ去りました。自分でも思いがけないことでした。今すぐ殺される二人の百姓男の身体が少しずつ遠ざかって行くのをジリジリしながら見つめ、発射の音をシーンとした空気の中で耳に予感している間に、その異常な思想がひらめきました。それが消え去ったあとに、もう人情も道徳も何もない、真空状態のような、鉛のように無神経なものが残りました。人情は甘い、そんなものは役にたたぬという想いも、何万人が殺されているなかのホンのちょっとした殺人だという考えも、およそ思考らしいものはすべて消えました。そしてただ百姓男の肉の厚み、やわらかさ、黒々と光る銃口の色、それから膝の下の泥の冷たさなどが感ぜられるだけでした。命令の声、数発つづく銃声、それから私も発射しました。一人は棒を倒すように倒れました。もう一人は片膝ついて倒れましたが、ヒェーッという悲鳴をあげ、私たちの方をふり向きました。愚かな顔が悲しげにゆがんで見えましたが、すぐ上半身をふせてしまいました。バラバラと兵士たちはかけて行きました。私は自分の弾丸がたしかに一人の肉体を貫ぬいていると感じました。一人はまだ手足をピクピク動かしています。弾丸のはいった口は小さくすぼまり、出た口の方は大きく開いています。胸や脚にあたった弾丸は横ざまに肉に食い入り、銃口の数倍もある裂け目がうす赤く見えました。倒れた身体に銃口をつけたまま、なお二、三発とどめが発射されました。あとで聴くと、兵士のうちの四、五名は発射しないか、発射してもわざと的をはずしていました。私と同じ小屋に寝る兵は「俺にはあんなまねできないよ。イヤだイヤだ」と告白しました。睡るまえに彼は私に「君は射ったか」とたずねました。「射った」と答えると意外だという表情で驚きました。「射ったよ。人を殺すことがなぜいけないのかね」と私はなおも言いました。彼は顔色をちょっとかえ、不快な面持で毛布にもぐりこみました。私はランプの明りの中で自分が暗い、むずかしい、誇張して言えば恐しい顔つきになっているのに気づきました。だが私は自分を残忍な男とはみとめませんでした。部隊の移動、連日連夜の仕事の疲れなどで、私は自分の殺した男の顔はおろか、殺したことそのものまで忘れてしまいました。そしてまもなく、もう一つの、集団的でない、私一人の殺人を行ったため、なおのことこの時の印象はうすれました。人間が殺人について、または生物を殺すことについて、まじめに考えるのは殺す瞬間だけなのかも知れません。私は自分が十四、五の頃、空気銃でガマを射ったことをおぼえています。私はむしろ子供時代から、猫や犬をいじめたり、生き物を殺すのはきらいでした。臆病なくらいイヤでした。しかしその頃、物理化学をならい、物質はすべて原子でできているという理論が強く私の頭を支配したのです。つまり原子に還してしまえば生物も何もない。神聖なる生も微分子に分解すれば単なる物だという考え、それが私には私流に妙な影響をあたえました。この「物」にすぎない奴をどうあつかおうが何等おそれることはない。生物を殺すなんて悪でもなければ罰もない、分解するだけの話だと考えていました。しかしそれはあくまで考えただけで、私の感情はその考えにいつも反抗していました。あいかわらず殺すことはイヤだったのです。そしてある日私は春の池で鳴いているガマの醜い身体を空気銃で射ちました。もちろん身ぶるいのようなものが走りました。二、三発つづけて射たぬとガマは死にません。私は真剣な顔つきで、敢えて自分の定理を試すかのように感情を押しころし、鉛のたまをあの黄色の泡をたてたような気味悪いガマの腹に射ちこみました。自分の感情を支配してしまう決意、ともかく無理をおし切ってやる気持です。百姓の背中を射った時にも、それによく似た一種の無理な気持がありました。その気持をいだいた時の感覚だけがポツンと残っていました。そのうち私たちはもっと前線の、見わたすかぎりの麦畠の地帯へ進出しました。細い一本の兵站線が村から村へ、広漠たる平原を貫ぬいています。その路も、トラック隊が麦畠の乾いた土の上にあるかなきかに車輪でつけた跡で、前線部隊の移動が終ったあとは、五十名ばかりの兵が私たちの小さな部落に残されていました。村の家屋も泥壁、村をとりまく防壁も泥でした。ただ村長の家だけが石造で、そこには石でたたんだ望楼があり、朝など登ると麦畠が紫色にかすむのが、はるか彼方まで見わたせました。村の裏にはちぢれた高粱が少し青い葉をのばし、小山のほとりには緑色の葡萄の樹などあります。そのほかは一面、土の肌ばかりがどこまでもつづいています。兵士たちはどこからか黒豚を追い出して来たり、納屋の奥で見つけた紅い房つきの槍をふりまわしたり、バクチの金を賭けるより外は仕事がありません。住民の姿がないので、まるで沙漠にとりのこされた旅人のようです。夜になると遠くの村で犬の遠吠がきこえだします。それが次第に近くの村までつたわって来ると、そのうち思い出したようにピューンと一発チェッコ銃の音がして、石の壁にあたることなどがありました。私はある日、兵站本部の伍長とほかに四、五人の兵と共にかなり離れた隣の部落まで行きました。大根や蕪をさがす目的です。酒好きの伍長で、もとは左翼の人だったらしいことが酔うとわかりました。低い丘の上にあるその部落は前日、密偵の潜入をふせぐため私たちの手で焼き払ったあとでした。しかしまだ燃え残っていた小屋があり、それにまた火を放ちました。伍長と私は他の者が乾燥し切った畠から、それでも大根らしいものを持ち去ったあとも、その辺を歩きまわっていました。すると裏手にほかとはなれて一軒の小屋、実にみじめな小屋が燃えずに立っているのを見つけました。そしてその小屋の前には老人が二人うずくまっていました。白髪の老夫婦でした。動けないのか、二人だけよりそって地面にしゃがみ込んでいるのです。丘の上の藁ぶき小屋の群はもう焼け落ちて、赤い焰も吐かず、こげ臭い煙だけがこちらへ流れて来ます。老夫は盲目でした。老婦はつんぼだったようです。どうしてつんぼのことがわかったか、声をかけて返事をしないためだったか、それともそんな気がしただけだったのか、私はおぼえていません。ひどいボロの支那服につつまれた小さな身体は、もう死んでいるようにグタリとしていますが、本能的な恐怖のため、たしかに慄えています。前日の焼打のあと、村人が連れて逃げることもせず、おいてけぼりにされたのでしょう。今では顔は忘れましたが、二人とも上品に見えました。伍長は「オヤ、なんだ、まだ人間がいたのか。どうしたんだろう。とりのこされたんだな。死んじまうぞ、このままじゃ、どうせ」と言いました。そして「チョッ」と舌打ちすると、それを見たくない風にサッサとそこを立ち去りました。私はなおも老夫婦を見つめたままでいました。「どうせ死んじまうのかな」私は銃を握りしめながら考えました。「きっとこのままじゃ餓死するだろうな。もうこうなったら、いっそひと思いに死んだ方がましだろうに」私は老夫婦を救い出す気は起りませんでした。ただ二人はこのままもう死を待つばかりだろうと漠然と感じました。いつか私を見舞った真空状態、鉛のように無神経な状態がまた私に起りました。「殺そうか」フト何かが私にささやきました。「殺してごらん。ただ銃を取り上げて射てばいいのだ。殺すということがどんなことかお前はまだ知らないだろう。やってごらん。何でもないことなんだ。ことにこんな場合、実さい感情をおさえることすらいらないんだ。自分の手で人が殺せないことはなかろう。ただやりさえすればいいんだからな。自分の意志一つできまるんだ。そのほかに何の苦労もいらんのだ」伍長が立ち去ったあと、この地球上には私と老夫婦の三人だけが取り残されたようなしずけさでした。五月二十日の午後です。かすかに靴の下の土が沈み、風がゲートルをまいた足のあたりを吹き抜けたらしい。私は立ち射ちの姿勢をとりました。老夫の方の頭をねらいました。二人は声一つたてません。身動きもしません。ひきがねの冷たさが指にふれました。私はこれを引きしぼるかどうかが、私の心のはずみ一つにかかっていることを知りました。止めてしまえば何事も起らないのです。ひきがねを引けば私はもとの私でなくなるのです。その間に、無理をするという決意が働くだけ、それできまるのです。もとの私でなくなってみること、それが私を誘いました。発射すると老夫はピクリと首を動かし、すぐ頭をガクリと垂れました。老婦はやはりピクッと肩と顔を動かしたきりでした。それは睡っていた牛が急に枝から落ちた木の実で額を叩かれたような鈍い反射的な動きでした。「とうとうやったな」いつのまにか伍長が私から五歩ばかりの所へ来ていました。「若い奴にはかなわん」彼は黒い、いかつい顔に善良そうな弱々しい微笑を浮かべていました。私はそのまま後をも見ずに、その小屋の立っている丘の傾斜を降りて行きました。ある定理を実験したような疲労、とうとうやってしまったという重量のある感覚が私の四肢を包みました。その時も私は自分を残忍な人間だとは思いませんでした。ただ何か自分がそれを敢えてした特別な人間だという気持だけがしました。隊に帰っても誰にも話しませんでした。伍長もそのことにはふれません。それからいろいろな土地へ行き、何度も死にそうな目に遭いましたから、終戦まで一年半ばかり、私はほとんどその行為を真剣に思い出すひまはありませんでした。ただ時々、夜など淋しい場所に一人いる時、その老夫の顔をおぼえているかどうか試していることがあります。全然おぼえがないのです。小さな顔だったような気がします。死んだ時の表情も苦しさが見えなかったことだけおぼえています。自分が恐怖を感じないのはなぜかとも考えます。わかりません。今度の場合も、不安や恐怖は残らなかったのです。終戦後、戦争裁判の記事を私は毎日のように読んでいます。その裁判にひき出された罪者は、まさか自分が裁かれる日が来るとは思っていなかったにちがいありません。自分の上に裁きの手がのびること、否、裁き、どんな形でも裁きというものを思いうかべたことすらなかったでしょう。それでなければあれほど大量に残虐な殺人行為はできるはずはないからです。罰のない罪なら人間は平気で犯すものです。しかし罰は下りました。殺人者の罰せられる日が来たのです。私は考えました。自分は少くとも二回は全く不必要な殺人を行った。第一回は集団に組して命令を受けたのだとしても、第二回は完全に自分の意志で、一人対一人で行ったものだ。しかも無抵抗な老人を殺した。自分は犯罪者だ、裁かるべき人間だ、と。しかし私は平然としている自分に驚かねばなりませんでした。私は自分の罪が絶対に発覚するはずのないことを知っていたからです。伍長は半年ほどまえ戦病死しました。地球上で、あの殺人行為を知っているのは私だけなのです。その私ですら、被害者の名も身元も知らず、顔すらおぼえていないのです。今では何もかも模糊たるものです。池に投じた石は沈み、波紋も消え、池の表面は何事もなかったように平らかです。私は自分が如何なる精密な戦犯名簿にも漏れる自信がありました。この行為のただ一つの痕跡、手がかり、この行為から犯罪事件を構成すべき唯一の条件は、私が生きているということだけです。問題は私の中にだけあるのです。あなたも気づかれたように、私は裁きのことを時々口にしました。しかしその時でさえ私は自分が絶対に裁かれまいと憎むべき安心を持っていたのです。私には鈴子がありました。鈴子と私は愛しあっていました。二年近くはなれていたため、二人の恋情は燃えさかっています。あの終戦直後の混乱の中でも二人はあいびきをつづけました。虹口とフランス租界、その間には熱狂した中国の民衆がひしめきあっているのに、二人にはそれが別の世界のようにさえ思われました。あの絶望的な灰色の時の流れが私たちの小さな幸福を、かえってきわだたせてくれたのでしょう。「あなたと一緒なら、わたし何も怖くないわ」とよりそう彼女を私は全くかわいい女だと思いました。虹口へ集中してからは、もし帰国が遅延するようなら両親の許しを得て、二人だけでどこかの裏部屋暮しをしようとまで相談していました。二人はよく同棲してからの楽しさを語りあいました。持物を売るよりほか収入の道のない私たちなのに、彼女は「いいわ、二人で働けばいいわ」などと元気よく言いました。私が熱を出した時など、もう奥さんにでもなったようすで「おとなしく寝ていらっしゃい。キッスしてあげるからね」などと半日枕もとに坐っていたりしました。私はある日、寝ながら、こんなに愛しあっていて、一緒に暮すようになり、そして老年に至るまでの二人のことを考えていました。二人とも丈夫で、幸福で、やがて老人になる、そして、などと自分の楽しさを味わっていたのです。その時突然、私は自分の射殺した老人夫婦のことを想い出しました。そして私が老夫だけを殺して、あとに老婦を残しておいたことに気づきました。おそらくは老婦も数日後に死んでしまったでしょう。生きていられるわけもなく、生きるつもりもなかったでしょう。いずれにしても悲惨な運命です。もとは幸福に暮していたのかもしれない。愛しあって結婚したのかもしれない。ことによると、あの燃え落ちくすぶる村の片隅で地面にへばりついてよりそっている時にも、二人は愛しあっていたのかもしれない。おそろしい気配を身ぢかに感じながらも、互によりそうことで最後のなぐさめあいをしていたのかもしれない。それにひきかえ自分たちは、と私は思いました。すると私は、あの老夫婦のように自分たちもなるのではないかという気持にギュッとつかまれました。私たちが年老い、私が盲目になる、鈴子がつんぼになる。そして私たちの住む部落が焼かれ、二人だけで地面に坐り込んでいる。すると足音がきこえ、人声がする。どこかほかの国の兵士がすぐそこまで来ている。しかし私は身うごき一つできずに慄えている。すると、かつての私とよく似た外国兵士は何の気なしに銃をとりあげる。そして私がかつて考えたと同じことを考える。同じように発射。弾丸は私の頭に命中する。老婆となった鈴子はピクッと肩と顔を動かす。そのまま声も出さずにジッとしている。夜が来る。誰一人救いに来る者はない。そんな情景がハッキリ目に浮かびました。そうなるかもしれないな、と私はひとりごちました。しかし恐怖の念はいだきませんでした。自分が強度の近視眼であること、年老いれば盲目になるかもしれぬと医師から注意されていることなど苦笑とともに想い出しはしましたが。ただ鈴子のことを考えた場合、サッと冷水をあびせられる感じがしました。それは私をおびやかす力がありました。馬鹿々々しいとは考えても、鈴子と会ったあとなどフトこの考えの影が射します。自分の身の上には無責任でいられても、鈴子を不幸にはできません。それが私を暗くさせました。鈴子は無心に愛してくれても私の実態を知らないのです。私は、事実を話さないでも二人の仲はうまくゆくとは思いました。しかし話した方が良いのだ、という声がありました。「話す」ことには無理があり、抵抗があります。しかしそれをやってしまいたい気持が常にうごきました。ちょうどガマを殺す前、老人の頭に向かってひきがねを引く前と同じです。話さないでおけばそのままです。だがそのままですまされないある不思議な衝動がありました。あなたと二人で教会へ行った時にも、鈴子の家庭を訪れた時にも、私は自分ひとりこの考えにふけっていました。その考えのもたらす緊張に身を委せていたのです。そのためつい無表情になったり、とまどったりしました。正月すぎてから鈴子と私は映画を見に行きました。「硫黄島」というアメリカの天然色映画でした。海の色、砂の色、血の色、みな灼きつくように鮮明で、凄壮な写真でした。もちろん実写です。アメリカの上陸用舟艇が海岸に密集する、負傷者が血まみれになって担がれてくる、砂穴に向かって火焔放射器の恐しい火光が流れる。服の焼けただれた日本兵が逆さに砂の傾斜をずり落ちて来る。鈴子はギュッと私の腕の肉に爪を立てたほどです。科学の偉力を発揮した近代的な修羅場です。やがて戦闘は終ります。硫黄島には異様な白煙がたちこめ、破砕した舟艇や砲が激浪に洗われています。汗と泥にまみれたアメリカ兵が砂原に集りました。兵の一人が立ってバイブルを読みます。兵士たちはひっそりと聴き入っています。裸の肩や腕を南の太陽が照らしています。私は深刻な感動をうけました。そしていつかのような精神の真空状態、鉛のような無神経のまま外へ出ました。日は落ち、賑やかな街路には灯火が冷たく輝いています。私はいつか冷酷と言ってよい強烈な気持になっていました。事実を目のあたり見せられた驚きに、鈴子はすっかりおびえていました。私は平常は歩かないクリークぞいの路をえらびました。そこには監獄のように無気味なと殺場があり、肉運搬人が血にぬれた前掛をつけて群がっています。血の流れ込んだクリークは黒緑色の水に縞模様を溶かし、下手には棺を幾つも積んだ舟が何日も同じ場所に泊っています。彼女が怕がりはせぬかと今までは避けていた路です。なぜかその路へ足が向きました。一度あった事実はあくまで事実だ、容易に消えるものでない。何かそんな金言めいた想いがねばりつきました。私は例の「話」をせねばならぬと決心しました。「君にぜひとも話しておかなきゃならないことがある」と私は言いました。「何なの？」鈴子は寒そうにちぢめた肩をよせかけて歩きました。「どこかで暖たまりましょうよ」「いや、歩きながらの方がいいんだ。ちょっと話しにくいことだからね」私は立ち止まって彼女の顔を正面から見ました。「僕が人を殺した話なんだ」「なーに？　いやねえ、急に、そんな。冗談よしてよ」彼女はおびえた表情で笑いました。私は真面目な話であることを説明してから一気に喋りました。彼女は私の腕にしがみついていました。途中で一度「イヤ、おやめになって」と頼みました。しかし私はかまわず終りまで自分の感情の底をさらけ出して話しました。できるだけ正確に、注意ぶかく。彼女が恐怖と嫌悪におそわれているのがよくわかりました。「どう思う？」と私はたずねました。「こわいわ」彼女の声はかすれていました。「どうしてあなたがそんなことなさったのかしら。信じられないわ」「僕だって今考えると、なぜ自分があんなことしなきゃならなかったかわからないよ。しかし事実はあくまで事実なんだからな。それにね、これは想像だよ、想像だけれどね、一度あったことはしかし、その後悔している。二度とはしまいと思っている。しかしそれは法律の裁きもあり、罰の存在する社会にいるからのことでね。また同じような状態に置かれたとき、僕がそれをやらないとは保証できないんだからね」「あなたって、そんな怖い方かしら。そんなはずないと思うわ」「そりゃ僕だって自分がそんなおそろしい人間だとは思っていないさ。しかし一度だけは確かにそれをやったんだからね」「もうおやめになって！」彼女は悲しげな声で叫びました。それは意地悪された少女、ひどい仕打をうけた幼女のようにいたましげでした。私は自分が予想外に強い打撃をあたえてしまったことを知りました。私は話しおわってから「これでも僕を愛してくれる？」とたずねるつもりでした。そして「愛しますわ」という答えをもらって円満に解決するつもりでした。しかし惑乱した彼女の姿を見ては、すでにそれも不可能でした。甘い言葉でかたづかないもの、やさしい情愛で包みきれぬもの、冷えた石か焼けた鉄のようなものを、私は自分の手で二人の間に置いたも同然でした。打ちしおれた鈴子を家まで送りとどけると、別れの挨拶もそこそこに私はそこを離れました。私はその夜、彼女が両親を前にして、どんなに心乱れながら坐っているか想像ができました。彼女は自分の老父母を眺めながら、私の銃口の前によりそっていた老夫婦を想い出し、そしてその老夫婦の命を奪った私におどろきあきれ、そして自分がその犯罪人の妻とならんとしている恐るべき事実に思い至ったでしょう。けれども彼女は私を愛さねばならぬと自分に言いきかせるでしょう。そうしなければあの方はあんまりおかわいそうだ。あの方を嫌ってはいけない。守ってておあげしなくてはいけないと、彼女は自分を努めはげましているでしょう。そして明日にでも会えば、ことさらいそいそと私をいたわってくれるかもしれない。しかしそれはすでに今までの彼女ではありますまい。明日をも知れぬ病人を見守るけなげな看護婦、嫌われ者の子をなぐさめる気の良い母親も同様ではありませんか。真情とともに技巧が、恋のかわりに忍耐が彼女を支えるだけのこと。彼女の眼中には銃口を老人の頭に擬した私の姿が永久に消えないのです。私は彼女に犠牲を強いるのはいやです。私の裁判官であるとともに弁護士でもあるような妻と暮すのがどんなに堪えがたいか。私は一晩中、なやみ苦しみました。三日目に彼女の方から心配して訪ねて来ました。しかし両方ともに口がうまくきけませんでした。私たちの仲は終ったのだと言うと、彼女は涙をうかべて「いいえ、そんなことは」となだめてくれました。だがその声は疲れはてた人のようでした。気まずく別れるばかりでした。私は今や自分が裁かれたのだと悟りました。自分の手で裁いたのだと思いました。鈴子を失うことは致命的です。しかし失うようにせずにはいられなかったのです。私は鈴子に正式に婚約を破約するむねを言いわたしました。私には鈴子を失った悲しみとともに、また自分はそれを敢えてしたのだという痛烈な自覚がありました。そして今までにない明確な罪の自覚が生まれているのに気づきました。罪の自覚、たえずこびりつく罪の自覚だけが私の救いなのだとさえ思いはじめました。それすら失ってしまったら自分はどうなるか、とその方の不安が強まりました。自殺もせず、処刑もされず生きて行くとすれば、よりどころはこれ以外にないのではないでしょうか。一月ばかりして鈴子の父上が見えました。仔細は鈴子から聴いたと言われました。君の苦しみはよくわかる、鈴子との婚約を打ち切りたいなら打ち切ってもよい。それで君は今後どうするつもりか、とたずねられました。私は、中国にとどまるつもりだと答えました。日本へ帰り、また昔ながらの毎日を送りむかえしていれば、再び私は自分の自覚を失ってしまうでしょう。海一つの距離ばかりではありません。自覚をなくさせる日常生活がそこに待ち受けているからです。私は自分の犯罪の場所にとどまり、私の殺した老人の同胞の顔を見ながら暮したい。それはともすれば鈍りがちな自覚を時々刻々めざますに役立つでしょうから。裁きは一回だけではありますまい。何回でも、たえずあるでしょう。しかもひとはそれに気づきません。裁きの場所にひき出される時だけ、それにおどろくのです。私はこれから自分の裁きの場所をうろつくことにします。こんなことをしたからとて、罪のつぐないになるとは私は考えていません。しかし私はそうせずにはいられません。贖罪の心は薄くても、私は自分なりにわが裁きを見とどけたい心は強いのです。自分の罪悪の証拠を毎日つきつけられている生活、それも一つの生活にはちがいありません。そして結局どうなるかわかりません。しかし私のような考えで中国にとどまる日本人が一人ぐらい居てもよいではありませんか。その答えをきくと、鈴子の父上は微笑されました。そして、「君のような告白を私にした日本人はこれで三人目だ」と言われました。「方法はちがうが、みんな自覚を守りつづけようとしていなさる」そう言って父上は帰られました。私は自分が一人でないことを喜びました。どんな愚かな、まずいやり方でも、ともかく自分を裁こうとしている仲間のいること、それに今まで気づかなかったことを私は不思議に思います。いつかあなたは最後の審判の話をされましたね。日本の現状を私は知りません。しかし私の現状は、まさに第一のラッパが吹きならされ、第一の天使の禍は降下したようです。いずれ第二、第三も降下するでしょう。そして私はこれを報告できる相手としてあなたを友人として持っていたことを無限に感謝致します。多くの仲間は報告すべき相手を持たず、今なお闇黒の裡に沈黙しているでしょうから』

P+D BOOKS ラインアップ

P+D BOOKS ラインアップ

風の息（下）	松本清張	●「もく星」号事故解明のキーマンに迫る！
廻廊にて	辻 邦生	●女流画家の生涯を通じ〝魂の内奥〟の旅を描く
夏の砦	辻 邦生	●北欧で消息を絶った日本人女性の過去とは…
海市	福永武彦	●長男・池澤夏樹の解説で甦る福永武彦の世界
風土	福永武彦	●芸術家の苦悩を描いた著者の処女長編作
夜の三部作	福永武彦	●人間の〝暗黒意識〟を主題に描かれた三部作

P+D BOOKS ラインアップ

P+D BOOKS ラインアップ

北京のこども	佐野洋子	● 著者の北京での子ども時代を描いたエッセイ
小児病棟・医療少年院物語	江川 晴	● モモ子と凜子、真摯な看護師を描いた2作品
悲しみの港（上）	小川国夫	● 現実と幻想の間を彷徨する若き文学者を描く
悲しみの港（下）	小川国夫	● 静枝の送別会の夜結ばれた晃一だったが
おバカさん	遠藤周作	● 純なナポレオンの末裔が珍事を巻き起こす
宿敵 上巻	遠藤周作	● 加藤清正と小西行長 相容れない同士の死闘

P+D BOOKS ラインアップ

宿敵 下巻	遠藤周作	●無益な戦。秀吉に面従腹背で臨む行長
銃と十字架	遠藤周作	●初めて司祭となった日本人の生涯を描く
ヘチマくん	遠藤周作	●太閤秀吉の末裔が巻き込まれた事件とは?
焰の中	吉行淳之介	●青春=戦時下だった吉行の半自伝的小説
剣ケ崎・白い罌粟	立原正秋	●直木賞受賞作含む、立原正秋の代表的短編集
残りの雪(上)	立原正秋	●古都鎌倉に美しく燃え上がる宿命的な愛

P+D BOOKS ラインアップ

残りの雪（下） 立原正秋 ● 里子と坂西の愛欲の日々が終焉に近づく

サド復活 澁澤龍彥 ● 澁澤龍彥、渾身の処女エッセイ集

マルジナリア 澁澤龍彥 ● 欄外の余白（マルジナリア）鏤刻の小宇宙

玩物草紙 澁澤龍彥 ● 物と観念が交錯するアラベスクの世界

魔界水滸伝 1 栗本 薫 ● 壮大なスケールで描く超伝奇シリーズ第一弾

魔界水滸伝 2 栗本 薫 ● 〝先住者〟〝古き者たち〟の戦いに挑む人間界

P+D BOOKS ラインアップ

魔界水滸伝3
栗本 薫
●葛城山に突如現れた〝古き者たち〟

魔界水滸伝4
栗本 薫
●中東の砂漠で暴れまくる〝古き者たち〟

魔界水滸伝5
栗本 薫
●中国西域の遺跡に現れた〝古き者たち〟

魔界水滸伝6
栗本 薫
●地球を破滅へ導く難病・ランド症候群の猛威

魔界水滸伝7
栗本 薫
●地球の支配者の地位を滑り落ちた人類

魔界水滸伝8
栗本 薫
●人類滅亡の危機に立ち上がる安西雄介の軍団

P+D BOOKS ラインアップ

魔界水滸伝9　栗本 薫　● 雄介の弟分・耕平が守った〝人間の心〟

魔界水滸伝10　栗本 薫　● 魔界と化した日本、そして伊吹涼の運命は…

魔界水滸伝11　栗本 薫　● 第一部「魔界誕生篇」感動の完結！

魔界水滸伝12　栗本 薫　● 新たな展開へ、第二部「地球聖戦編」開幕！

魔界水滸伝13　栗本 薫　● 〝敵は月面にあり！〟「地球軍」は宇宙へ

魔界水滸伝14　栗本 薫　● アークが、多一郎が…地球防衛軍に迫る危機

P+D BOOKS ラインアップ

魔界水滸伝15　栗本 薫　●魔都・破里へ！勇士7名の反撃が始まる

天を突く石像　笹沢左保　●汚職と政治が巡る渾身の社会派ミステリー

剣士燃え尽きて死す　笹沢左保　●青年剣士・沖田総司の数奇な一生を描く

どくとるマンボウ追想記　北 杜夫　●「どくとるマンボウ」が語る昭和初期の東京

上海の螢・審判　武田泰淳　●戦中戦後の上海を描く二編が甦る！

死者におくる花束はない　結城昌治　●日本ハードボイルド小説先駆者の初期作品

（お断り）

本書は1976年に中央公論社から発刊された『上海の螢』と、『審判』は1971年に筑摩書房から発刊された「武田泰淳全集第二巻」を底本としております。

あきらかに間違いと思われるものについては訂正いたしましたが、基本的には底本にしたがっております。

また、底本にある人種・身分・職業・身体等に関する表現で、現在からみれば、不当、不適切と思われる箇所がありますが、著者に差別的意図のないこと、時代背景と作品価値とを鑑み、著者が故人でもあるため、原文のままにしております。

武田泰淳（たけだ たいじゅん）

1912年（明治45年）２月12日―1976年（昭和51年）10月５日、享年64。東京都出身。1973年『快楽』で第５回日本文学大賞を受賞。代表作に『ひかりごけ』『富士』など

P+D BOOKS

ピー プラス ディー ブックス

P+Dとはペーパーバックとデジタルの略称です。
後世に受け継がれるべき名作でありながら、現在入手困難となっている作品を、
B6判ペーパーバック書籍と電子書籍で、同時かつ同価格にて発売・配信する、
小学館のまったく新しいスタイルのブックレーベルです。

上海の螢・審判

2016年9月11日　初版第1刷発行
2025年10月15日　第10刷発行

著者　武田泰淳
発行人　石川和男
発行所　株式会社　小学館
〒101-8001
東京都千代田区一ツ橋2-3-1
電話　編集　03-3230-9355
販売　03-5281-3555
印刷所　株式会社DNP出版プロダクツ
製本所　株式会社DNP出版プロダクツ
装丁　おおうちおさむ（ナノナノグラフィックス）

ISBN978-4-09-352280-9

P+D BOOKS